JESSICA GILMORE

# Irrésistible ballerine



*Traduction française de*
ANNE DAUTUN

AZUR

HARLEQUIN

*Collection :* Azur

*Titre original :*
CHRISTMAS WITH HIS BALLERINA



**HARPERCOLLINS FRANCE**
83-85, boulevard Vincent-Auriol, 75646 PARIS CEDEX 13
Service Lectrices — Tél. : 01 45 82 47 47 - www.harlequin.fr
ISBN 978-2-2804-9173-0 — ISSN 0993-4448

Composé et édité par HarperCollins France.
Imprimé en novembre 2023 par CPI Black Print (Barcelone)
en utilisant 100% d'électricité renouvelable.
Dépôt légal : décembre 2023.

FSC www.fsc.org
MIXTE
Papier issu de sources responsables
FSC® C159065

Pour limiter l'empreinte environnementale de ses livres, HarperCollins France s'engage à n'utiliser que du papier fabriqué à partir de bois provenant de forêts gérées durablement et de manière responsable.

# 1

— Nous fêtons Thanksgiving la semaine prochaine, un rituel de fin d'année qui n'arrive jamais assez tôt. Alors, montez le son, et place à la bonne humeur ! dit la présentatrice avec son enthousiasme habituel.

Tandis qu'une chanson familière s'élevait dans l'habitacle, Joshua Pearson battit la mesure du bout des doigts sur le volant. Il fredonna les paroles et entama le refrain presque sans y penser, mais aucune voix de soprano ou de ténor ne se joignit à la sienne depuis le siège arrière de la voiture – et il y avait longtemps qu'une douce voix d'alto ne s'était pas élevée en harmonie à côté de lui.

Il se tut.

Ce n'était pas pareil de rouler en solitaire vers le chalet du Vermont.

Du moins, cette année, il ne passerait pas Noël seul, absorbé par le travail, veillant à ce que d'autres familles profitent de leur réveillon tandis que lui-même faisait l'impasse sur le sien. Car, après trois ans de séparation, la famille Pearson serait de nouveau réunie à Noël.

*Presque* toute la famille Pearson, se dit-il, la gorge serrée, en glissant un coup d'œil vers le siège du passager vide.

Dix ans s'étaient écoulés depuis la mort de Gabriella, mais parfois le chagrin était aussi vif que si cela datait de la veille. Noël était l'une de ces occasions. Gabriella avait adoré Noël, et elle aurait été si heureuse de savoir que les enfants seraient à la maison, cette année !

« Les *enfants.* »

Marco avait trente-deux ans et Chiara vingt-sept, mais ils resteraient toujours pour lui « les enfants ». Il eut un sourire d'autodérision, pensant à son propre père.

La lumière commençait à décliner, le ciel d'automne était bas et gris, une pluie fine ruisselait sur le pare-brise.

Il y avait longtemps qu'il n'avait pas emprunté cette route, de New York au chalet du Vermont, et jamais il ne l'avait fait seul. Mais si la famille devait se réunir à Noël, il devait s'assurer que tout y était en ordre – ou, mieux, parfait.

Alors qu'il quittait l'autoroute pour s'engager dans une allée bordée d'arbres, l'environnement se modifia – terres cultivées d'un côté, montagnes au loin.

Il aimait tant ces lieux ! La petite ville pittoresque, le beau fleuve, le territoire propice aux randonnées à la belle saison, au ski en hiver, le contraste avec l'agitation de New York.

Il inspira à pleins poumons.

Ce week-end au vert était une bonne idée. Cela faisait une éternité qu'il n'avait fait un voyage pour autre chose que visiter un des hôtels qu'il dirigeait ou jauger la concurrence.

Tandis qu'il négociait un virage en épingle à cheveux, il vit une voiture arrêtée sur le bas-côté, et une femme plantée là, les bras croisés.

Il n'y avait personne d'autre dans les parages.

Il freina pour s'arrêter derrière le véhicule profilé couleur argent.

La femme regarda vers lui avec un mélange d'espoir et de prudence. Enveloppée d'un épais manteau blanc, ses cheveux blonds réunis en queue-de-cheval, elle semblait avoir la quarantaine ou un peu plus.

Abaissant sa vitre, Joshua passa la tête à l'extérieur.

— Vous avez besoin d'un coup de main ?

— Non, merci, dit-elle avec un très léger recul. J'ai téléphoné, le dépannage ne devrait pas tarder.

— Pneu crevé ?

— Non. Une lumière s'est allumée, et... Bref, quelqu'un vient, alors ne perdez pas votre temps à cause de moi.

Avec un tressaillement intérieur, il mesura que cette femme avait peur. De lui. Mais certes, à cette heure crépusculaire, la route était déserte, et la ville la plus proche à plusieurs kilomètres.

— Écoutez, dit-il, je ne veux pas vous mettre mal à l'aise, mais pourrais-je attendre avec vous que quelqu'un se présente ? Je ne descendrai pas de voiture. Si ma femme ou ma fille étaient dans la même situation que vous, je n'aimerais pas les savoir livrées à elles-mêmes.

Elle se mordilla la lèvre, visiblement indécise.

— Je m'appelle Joshua Pearson, ajouta-t-il. Je suis le P-DG du Grand York Hotel Group. Notre hôtel emblématique se trouve dans Greenwich Village, vous le connaissez peut-être.

— Oui, je le connais, dit-elle, s'emmitouflant plus étroitement dans son manteau.

— Je me rends dans mon chalet pour préparer Noël.

Une ombre de sourire se dessina sur le visage de l'inconnue.

— On n'est même pas encore à Thanksgiving.

— Je sais, mais je n'y ai pas séjourné depuis pas mal de temps. Il y a trois ans que nous n'avons pas passé Noël ensemble, alors je voudrais m'assurer que tout est en ordre. Nettoyer et ranger, commander des provisions et du bois. Ce genre de choses.

— Je vois, dit-elle en frissonnant.

— Vous devriez remonter en voiture.

— Le moteur refuse de démarrer, alors il fait tout aussi froid dedans. Au moins, dehors, je peux me donner du mouvement.

— J'ai une couverture à l'arrière. Vous la voulez ?

L'ombre de sourire était de retour.

— Une couverture ?

— Et un thermos de café chaud. Ma femme insistait pour qu'on soit parés contre toute intempérie quand on venait ici en voiture. Les habitudes ont la vie dure. J'ai failli préparer des en-cas pour les enfants !

— Quel âge ont-ils ?

— Maintenant ? Trente-deux et vingt-sept. Mais s'ils étaient là, je pourrais leur offrir des tranches d'ananas et du jus. On ne sait jamais.

Le sourire de l'inconnue s'élargit.

— Trente-deux et vingt-sept !

— Je sais, je n'ai pas l'air assez vieux pour ça. J'étais presque un gamin quand je me suis marié.

— En effet !

— Alors, cette couverture ? Je pourrais la poser sur le capot et remonter en voiture.

— Vous devez croire que je suis parano...

— Non, je vous trouve avisée.

Il descendit, ouvrit la portière arrière pour saisir le sac d'urgence toujours à portée de main.

Dans leur couple, l'impulsive, ç'avait été Gabriella. Mais elle avait toujours tenu à ce qu'ils ne prennent jamais la route en hiver sans couvertures et nourriture, pour le cas où ils auraient été pris par le mauvais temps.

Tout en sortant la couverture et le thermos, il leva brièvement les yeux vers le ciel.

— Voilà, dit-il en montrant son butin, prenez ça.

Il plaça la couverture et le thermos sur le capot puis se réinstalla au volant.

Quand il eut claqué sa portière, l'inconnue s'approcha pour les prendre.

— Merci. Je ne suis pas habituée à rouler seule ni à ne pas être en ville, d'ailleurs. Je penserai à ça, la prochaine fois, dit-elle en se tournant vers son véhicule. Je vais...

— Bien sûr, montez vous réchauffer en voiture.

— Encore une fois, merci. Dites à votre femme qu'elle est très organisée.

Il hocha la tête, et tout en remontant la vitre, il embrassa du regard la silhouette aux longues jambes minces gainées d'un jean de la blonde inconnue qui regagnait sa voiture.

Il se cala sur son siège, sortit son mobile et se mit à consulter ses courriels, s'absorbant dans son travail jusqu'au moment où il perçut des lumières derrière lui et vit se garer un van. Il faisait presque nuit, mais il put distinguer sur le véhicule le nom du garage local, dont il reconnut le propriétaire.

Rangeant son mobile, il mit le contact et, sur un signe de main, se remit en route vers son chalet.

Rebecca ouvrit les yeux et les referma, essayant d'éviter le rayon de soleil qui filtrait par la fente des rideaux, pour n'être que plus nettement ramenée à la conscience par la sonnerie du téléphone.

Où était-elle donc ?

Ah oui, bien sûr. Elle avait échoué dans l'auberge locale à huit kilomètres de sa destination, car le garagiste n'avait pas pu réparer sa voiture la veille au soir. De l'auberge, elle n'avait pas vu grand-chose, en fait. Frigorifiée et fatiguée, elle avait demandé qu'on lui monte un potage dans sa chambre, puis elle s'était écroulée sur le lit. Elle avait dû bien dormir, car elle ne s'était pas réveillée au cours de la nuit, fait inhabituel, et même si elle avait soudain été tirée de son sommeil, il y avait une éternité qu'elle ne s'était sentie aussi reposée.

Elle saisit son mobile à tâtons, en clignant des yeux sous la vive lumière, et prit l'appel.

— Allô ? fit-elle d'une voix passablement enrouée.

— Rebecca ? Je te réveille ?

Il y avait de la surprise dans la voix d'Anita.

— Quelle heure est-il ?

— Plus de 10 heures. Tu ne dors jamais aussi tard, d'habitude !

Il y avait belle lurette en effet qu'elle ne s'était pas réveillée à une heure aussi avancée.

— Ce doit être l'air de la campagne, dit-elle en se redressant.

Ses journées commençaient en général à 6 heures, par une séance de yoga suivie d'un smoothie, puis elle se rendait au travail à 8 heures pour l'heure de danse classique précédant les cours de la matinée. Elle participait à la mise en train quotidienne des danseurs – un rituel de toujours, à la différence près que, désormais, elle allait ensuite dans son bureau, ou, selon les cas, recevait des donateurs, des designers, des chefs d'orchestre, assistait à des répétitions, se joignait à des réunions de planning.

Elle appréciait cette heure et demie où elle redevenait partie intégrante du corps de ballet.

— Remise de tes aventures ? demanda son amie.

— Je n'en sais rien, Anita. C'était peut-être un signe…

Elle rabattit les couvertures et sortit du lit pour tirer les rideaux.

Le décor bucolique lui sembla étranger. Le parc de l'auberge menait à un large fleuve, au-delà duquel des arbres aux frondaisons rousses et couleur d'or bruni en cette fin d'automne s'étiraient jusqu'aux montagnes déjà couronnées de neige.

Ce silence et cette beauté étaient déconcertants pour elle, accoutumée qu'elle était aux rues de la ville, aux coups d'avertisseurs, aux bruits de voix incessants.

— Je ne me sens pas à ma place ici, enchaîna-t-elle. Je devrais peut-être revenir. Je ne voudrais pas qu'Ivan croie qu'il a remporté la partie.

Il y eut un long silence à l'autre bout du fil.

— Il ne s'agit ni d'Ivan ni de ton divorce, Rebecca, dit enfin Anita. Mais du fait que tu n'as pas pris les moindres vacances depuis quatre ans. Que dirais-tu à l'un de tes danseurs s'il agissait ainsi ?

Rebecca ne répondit rien.

Anita avait raison. Ce n'étaient pas seulement son divorce éprouvant et l'étalage à la une de la fin de leur mariage qui avaient rendu impératives ces quelques semaines au vert. C'était aussi le fait qu'elle s'était immergée dans le travail pour fuir l'amère réalité de l'échec de son couple et qu'elle n'avait pas pris de vacances depuis des années. Cependant, pour elle qui s'enorgueillissait d'être forte et résistante et pour qui la perfection était essentielle, c'était humiliant de se voir ordonner ces cinq semaines de congé. Même si elle n'ignorait pas que son P-DG avait agi avec les meilleures intentions du monde.

Il était tout aussi humiliant d'avoir dû être secourue la veille. Elle n'avait jamais joué les demoiselles en détresse, même en scène. Elle n'avait pas l'intention de s'y mettre à quarante-huit ans.

— Laisse-moi me charger de l'aspect médiatique et publicitaire, reprit Anita, dont le ton brusque avait cédé la place aux inflexions enjôleuses qui avaient fait sa réussite. Consacre-toi à la lecture, aux randonnées et à bien dormir. Décembre arrivera en un rien de temps, et je te rejoindrai pour Noël avec Trudie.

— Tout de même, c'est comme si je prenais la fuite.

— Fais l'essai durant une semaine. Si le chalet est trop isolé ou trop rustique, tu pourras toujours partir ensuite en Europe ou aux Caraïbes...

— L'isolement n'est pas pour me déplaire, rétorqua Rebecca. J'ai hâte d'être là-bas.

N'importe quel endroit lui allait, du moment que personne ne l'y connaissait. Et c'était vraiment gentil de la part d'Anita et Trudie de mettre à sa disposition leur refuge bien-aimé. D'ailleurs, connaissant ses amies, elle aurait parié que leur retraite campagnarde était plus sophistiquée que rustique. Agente et publicitaire très connue, Anita avait de nombreux clients célèbres, Trudie était chirurgienne, et les deux femmes appréciaient les bonnes choses de la vie.

— Il n'est pas si isolé, la rassura Anita. Tu seras à huit kilomètres à peine de Newington, et s'il n'y a pas d'autre chalet en amont, d'autres sont disséminés autour du lac. C'est un coin plutôt couru et convivial l'été et le week-end. Les Cohen possèdent le chalet sur la droite, ils y passent deux week-ends par mois. Les Pearson sont sur la gauche, mais il y a longtemps que Joshua n'est pas venu...

Rebecca sentit ses doigts se crisper sur son mobile.

— Joshua Pearson ? Le P-DG du Grand York Hotel Group ?

— Tu le connais ?

— Non, mais c'est lui le bon samaritain qui a veillé sur moi, hier soir. En fait, j'ai toujours son thermos et sa couverture.

Il commençait à faire nuit, alors elle ne l'avait pas vraiment vu, elle avait juste retenu l'impression d'une carrure athlétique et mémorisé une voix chaude pleine de bonté.

— Alors, il est là-haut. Intéressant, commenta Anita. C'est la première fois depuis longtemps.

— Il est peut-être trop occupé pour y séjourner souvent.

— Oh ! ce n'est sûrement pas la seule raison. Autrefois, ils venaient dès qu'ils pouvaient, et toujours pour Noël. Mais après la mort de sa femme, Gabriella, leurs séjours au chalet se sont espacés. Joshua faisait quand même l'effort d'y venir à Noël avec les enfants, mais ça a fini par cesser. On dirait qu'ils restaurent la tradition, cette année. Cela me fait plaisir, c'est une famille attachante. Bon, quels sont tes projets pour aujourd'hui ? Du moins, ce qu'il en reste.

— M'habiller, récupérer la voiture, faire des provisions de bouche et m'installer au chalet.

— Parfait ! Oublie tes courriels et ne pianote pas ton nom sur Google. Il te faut une vraie cure de désintoxication numérique.

— J'essaierai. Merci, Anita.

— De rien. Je ferais tout pour ma meilleure amie et première cliente. Prends soin de toi !

— Toi aussi. Bises à Trudie.

Rebecca posa son mobile et s'adossa à l'oreiller.

Ainsi, son sauveur de la veille habitait tout près du chalet. Elle pourrait lui restituer ses affaires avec un cadeau de remerciement. Elle n'aimait guère être redevable à quelqu'un. Même l'utilisation du chalet d'Anita la mettait mal à l'aise, et pourtant elles étaient amies depuis l'âge de quatorze ans, lorsqu'elles étaient entrées toutes deux à la prestigieuse New York City Ballet Academy. À la fois rivales et amies, elles s'étaient encouragées l'une l'autre, jusqu'au moment où, à dix-huit ans, Anita avait réalisé que ses genoux fragiles ne résisteraient pas à une carrière de danseuse classique. Elle avait alors canalisé son énergie dans l'agence qu'elle avait lancée, et elle avait représenté Rebecca dont la carrière était en plein essor. Cela s'était avéré profitable pour elles deux, Anita faisant preuve d'autant d'inventivité que lorsqu'elle avait dansé en scène. Grâce à elle, le succès de Rebecca comme danseuse étoile s'était doublé d'une réussite hors scène très positive…

Du moins, jusqu'aux gros titres des dernières semaines.

Rebecca trouvait désormais que l'anonymat était une bénédiction. Et c'était ce qu'on lui offrait. Alors, il était temps de rejoindre son refuge pendant les semaines à venir.

Elle ne mit pas longtemps à effectuer quelques achats puis à franchir en voiture la courte distance qui la séparait du chalet de ses amies. Un « chalet » ? Le mot était modeste pour cette magnifique maison en verre, pierre et bois, conçue par un architecte pour offrir des vues spectaculaires sur le lac et les montagnes. En explorant la luxueuse demeure de vacances, Rebecca sentit s'évaporer sa tension intérieure.

Il y avait en bas un bel espace de vie, avec aire de repas, cuisine design, vaste cheminée et baies panoramiques. L'austérité des luxueux canapés modernes était adoucie par des coussins décoratifs. La chambre d'amis avait sa salle de bains privée, un balcon, un coin lecture. L'exil loin de New York n'aurait pu être plus luxueux. Elle serait très bien ici.

Une fois ses bagages défaits, elle prit la couverture, le thermos et la boîte de roulés à la cannelle qu'elle avait choisis dans la pâtisserie locale puis, non sans nervosité, elle s'engagea dans le chemin en bordure du lac qui desservait les diverses propriétés.

Le chalet de Joshua Pearson, à une trentaine de mètres en amont, jouissait des mêmes panoramas spectaculaires que celui d'Anita. Mais les deux habitations n'avaient rien d'autre en commun. Ce chalet-ci était beaucoup plus modeste : une construction de deux étages en bois peint, avec une terrasse en bois à l'arrière. En approchant, elle vit que la peinture était délavée, le toit privé d'un ou deux bardeaux... Une échelle était appuyée contre le mur, et tandis qu'elle s'engageait dans l'allée d'accès, elle vit Joshua Pearson en descendre, dos tourné, une ceinture à outils autour des reins.

Elle se figea, inexplicablement intimidée, ne remarquant que trop les jambes musclées et les fesses bien moulées, assorties aux larges épaules dont elle avait gardé le souvenir. Alors que Joshua Pearson se retournait, elle vit des yeux chocolat souriants, des cheveux bruns un peu en désordre, saupoudrés de gris aux tempes.

— Salut, dit-elle. J'espère que je ne vous dérange pas. Je voulais seulement vous rendre vos affaires.

— Salut, dit-il en mettant pied à terre et en venant vers elle. Je suis heureux de vous voir saine et sauve. Vous m'avez donc retrouvé ! Un Sherlock Holmes au féminin !

— Ce n'était pas sorcier. Vous m'aviez donné votre nom, et il se trouve que nous sommes voisins. Je loge chez Anita. Je m'appelle Rebecca. Rebecca Nelson.

— Enchanté de vous revoir, Rebecca, dit Joshua, plissant le front. Nous sommes-nous déjà rencontrés ? Vous me semblez familière.

— Je suis descendue une fois ou deux à votre hôtel.

— C'est peut-être ça, dit-il, dubitatif.

— Et vous m'avez peut-être vue danser, ajouta-t-elle à contrecœur – adieu l'anonymat –, je suis la directrice artistique du New York City Ballet, et j'en ai été une danseuse étoile.

— Mais bien sûr ! Anita a une photo de vous dans son vestibule. Et je vous ai vue danser, en effet. Une fois ou deux. Ma femme adorait le ballet, elle allait en voir souvent. Pour être franc, la première fois que je l'ai accompagnée, je craignais de m'ennuyer, mais cela m'a vraiment plu. Cela dit, c'était sa passion, je ne l'accompagnais que si j'étais convié. Elle vous admirait beaucoup.

Rebecca déglutit, la gorge un peu serrée.

« Je ne l'accompagnais que si j'y étais convié. »

Une observation d'apparence anodine, et pourtant éloquente. Si seulement Ivan avait été aussi respectueux de l'espace personnel et des préférences de chacun !

— En tout cas, je tenais à vous rapporter votre couverture et votre thermos, et je vous ai acheté des roulés à la cannelle en ville. Anita m'a dit qu'ils sont très réputés.

— Ce n'était pas nécessaire, voyons ! Je ne demandais pas mieux que de rendre service. Mais Anita a raison, ces roulés sont divins. Et ils arrivent à point nommé. J'ai du café tout prêt sur le feu. Je vous offre une tasse, si vous avez le temps ?

Pour la première fois depuis des lustres, elle était totalement disponible !

— Très volontiers.

— Entrez donc. Au moins, c'est propre à l'intérieur. J'ai confié à une agence le soin de faire le ménage et d'entretenir le jardin, mais comme vous pouvez le constater, le reste est en piètre état. La faute à ma négligence prolongée.

Il désigna la porte coulissante ouverte du patio, et après une hésitation, elle entra.

Comme chez Anita, le rez-de-chaussée était constitué d'une seule pièce, mais là s'arrêtait la ressemblance. La cuisine simple, avec des placards en bois éraflés, occupait un côté, associée à une grande table de repas, un banc et des chaises. Au milieu de la pièce, trois vieux canapés en cuir étaient regroupés en vue des fenêtres pour pouvoir profiter du panorama, et des rayonnages de livres couvraient tout un pan de mur à l'autre extrémité. Le plancher en bois semblait d'origine, bosselures et éraflures comprises, mais le lieu était chaleureux avec ses tapis colorés, ses plaids et ses coussins, ainsi que les photos et images qui décoraient les murs, le manteau de la cheminée, les étagères.

C'était une pièce modeste et accueillante, confortable. Très attachante malgré – ou à cause de – l'empreinte du temps.

Elle posa sur la table la boîte de roulés et les affaires de Joshua puis regarda de plus près autour d'elle.

La décoration des murs était un mélange de scènes locales et de dessins d'enfant encadrés, mais plus nombreuses encore étaient les photographies – celles d'une famille rieuse et heureuse, où Joshua était souvent au cœur du groupe. Elle se rappela sa plaisanterie sur le fait qu'il était encore gamin quand il s'était marié. Ce n'était pas si loin de la vérité ! La mariée au frais visage et son époux avaient l'air tout juste assez « vieux » pour avoir terminé leurs études secondaires. Vingt ans de vie de famille étaient mis en scène sur ces photos : le jeune couple avec un minuscule bébé, devenant un bambin puis un garçonnet accompagné d'un deuxième bébé. Une famille heureuse en randonnée, en kayak, en baignade, tapant dans un ballon, réunie autour d'un sapin de Noël avec des visages souriants. Jusqu'à ce que, soudain, le groupe soit réduit à trois, aux sourires contraints, aux regards hantés.

Gabriella Pearson avait de toute évidence laissé un grand vide parmi les siens.

Rebecca avait si peu de photos d'elle avec Ivan ! Des clichés de mariage posés, des photos d'eux lors de divers événements, mais rien d'aussi libre et spontané. Il y en avait quelques-unes de son enfance, où ses sœurs et elle étaient détendues. Elle aurait bien aimé faire partie d'une famille comme celle-ci...

Mais à quoi bon regretter ce qui aurait pu être ? Elle avait eu une carrière extraordinaire, avait brillé au sommet de sa profession, elle était bien nantie. Elle avait plus de chance que la plupart des gens.

Ayant pris la couverture, Joshua ouvrit un placard proche de la porte d'entrée, et plusieurs objets dégringolèrent par terre – des bâtons de ski, une rame, un manteau, des bottes...

— Comme vous voyez, je n'ai pas que de la retape à faire. En réalité, il y a longtemps qu'il aurait fallu une rénovation et un grand débarras, mais après que Gabi... Bref, je croyais pouvoir préparer les lieux pour le réveillon en un week-end, mais j'ai largement sous-estimé le boulot nécessaire. Je finirai sûrement par rester ici jusqu'à Noël si je veux que tout soit prêt pour les fêtes.

Rebecca lui sourit, curieusement réchauffée intérieurement à l'idée que Joshua soit son proche voisin pendant les semaines à venir. Elle cesserait de se faire un monde de ce séjour avec quelqu'un d'aussi capable dans les parages.

— La période des fêtes est très chargée dans l'hôtellerie, n'est-ce pas ? Et le Grand York a la réputation bien établie d'être un vrai lieu d'accueil pour Noël.

Elle eut un accès de culpabilité : les fêtes avaient aussi une importance capitale dans le milieu de la danse, et elle ne les passerait pas à la tête de sa compagnie, à sa vraie place.

— En effet, dit Joshua en traversant la cuisine pour ouvrir un placard et en sortir deux assiettes et des gobelets. Mais mon fils Marco assume le poste de directeur général depuis deux ans, et nos hôtels sont tous confiés à des dirigeants et des équipes talentueux. Je reste le P-DG mais pour être franc, j'ai parfois l'impression que c'est un poste honorifique...

Le sourire de Joshua s'atténua.

— C'est naturel, je suppose. Il s'est produit la même chose pour mon père quand j'ai pris les rênes, et lui-même avait pris la relève de son père. Après trente ans de travail sept jours sur sept et seize heures par jour, ils étaient contents de fréquenter les terrains de golf. Mais moi, quelques réunions au conseil d'administration ne suffisent pas à me satisfaire. Je devrais me réjouir que Marco s'investisse à fond, j'en suis heureux, d'ailleurs, mais ce serait bien qu'il trouve le temps de s'amuser. Quoi qu'il en soit, la rénovation de ce chalet est le genre de projets qu'il me faut : un travail physique, et dont je suis le maître. Venez donc vous asseoir. Un café, ça vous va ? Je peux aussi vous proposer de la tisane, mais elle sera vintage ! acheva-t-il plaisamment.

Elle tira l'une des antiques chaises de style shaker.

— Le café me va très bien, merci. Qu'est-ce que vous envisagez comme travaux ?

— Au strict minimum, remplacer les encadrements de fenêtres, réparer le toit, donner un coup de peinture à l'intérieur et à l'extérieur. Nous avions des projets plus grandioses, à une époque, avant que Gabriella...

Cela s'était renouvelé. Le même temps d'arrêt. De toute évidence, même après tant d'années, sa femme lui manquait énormément.

— Je n'ai pas besoin de fenêtres luxueuses ni d'un jacuzzi, reprit-il. Mais la cuisine se désagrège, et les salles de bains gagneraient à être refaites. Pauvre chalet ! Il ne soutient guère la comparaison avec le palais d'Anita, n'est-ce pas ?

Rebecca accepta le gobelet de café puissant, aromatique et, soulevant le pot qu'il avait placé devant elle, elle y ajouta un trait de lait.

— Merci, dit-elle. Le chalet d'Anita en jette, c'est vrai. Mais ici, c'est un vrai foyer, un lieu où des enfants peuvent entrer en courant, dégoulinants d'eau, une fois sortis du lac, sans causer trop de dégâts. Cela a son charme, à ne pas sous-estimer. Il faut préserver ça.

Il eut un regard appréciateur, et elle en fut toute réchauffée.

— Vous avez raison. Je ne veux pas que cette maison perde son âme, même si les petits ont grandi. Mais il est possible d'y ajouter un peu de sophistication, maintenant que nous sommes tous adultes.

— Ce lieu a de beaux volumes, dit-elle en regardant autour d'elle d'un air jaugeur, comme si la pièce était une scène où elle devait imaginer la chorégraphie des danseurs qui s'y déplaceraient. Il ne me semble pas qu'il faille changer beaucoup l'intérieur. Vous pourriez rafraîchir la cuisine en décapant et en revernissant les placards, et en changeant les plans de travail et l'équipement ménager. Même chose ici. De nouveaux canapés et tapis, un coup de peinture, ça changerait tout. En ce qui concerne le toit et les fenêtres, en revanche, cela dépasse mes compétences !

— Le bricolage ne me pose pas de problème.

Joshua s'assit en face d'elle, étendant ses longues jambes, ses bras musclés s'accoudant sur la table. Il poussa vers elle la boîte de roulés à la cannelle.

— Aidez-moi donc à leur faire un sort. Nous avons aménagé cet endroit à partir de rien, Gabriella et moi. Mon oncle me l'avait légué, et je penchais pour le vendre. Dieu sait que nous avions besoin d'argent avec un bébé, moi encore à l'université et Gabi aux cours du soir. Mais elle a voulu le garder et le retaper pour avoir un endroit où les enfants puissent vivre en toute liberté, ce qui est interdit à des petits citadins, dit-il avec un rire bas, se remémorant l'époque. On n'y connaissait rien, on a vraiment tâtonné. Les premiers mois, il a fallu qu'on campe dehors pendant qu'on retirait tout pour ne laisser que les murs. Et après, on a campé dedans pendant une éternité. Marco avait cinq ans et Chiara était un bébé lorsqu'il a enfin été habitable. Les canapés et cette table étaient de seconde main, l'équipement des salles de bains issu de fins de série. Mais entre-temps, j'étais devenu un plombier, un menuisier et un électricien acceptables. Cependant, je n'ai pas le coup d'œil artistique. Nous avons tout repeint en blanc parce que c'était moins cher, mais Gabriella adorait examiner des échantillons et imaginer comment elle redécorerait quand elle aurait le temps. Moi, rien que d'y penser, j'ai des sueurs froides. Je crois que je vais me contenter d'un nouveau coup de peinture blanche.

Rebecca avala une gorgée de café tout en gambergeant.

Il était évident qu'il avait besoin d'aide, et elle disposait de son temps.

— Écoutez, je n'ai rien d'une experte, mais je crois avoir un assez bon coup d'œil, car je m'occupe beaucoup de la conception des costumes et des décors. Et je me débrouille bien avec un pinceau. Je séjourne ici jusqu'à Noël, sans projet aucun, alors si vous avez besoin d'un coup de main ou de consulter quelqu'un pour les couleurs, n'hésitez pas à faire appel à moi.

— Vous êtes là jusqu'à Noël ?

— C'est une longue histoire, dit-elle, baissant les yeux pour esquiver le regard aigu de Joshua.

Elle vit avec surprise que son assiette ne contenait plus que des miettes. Elle ne se souvenait pas d'avoir pris le roulé, encore moins de l'avoir mangé.

— Je ferais bien d'aller m'installer, dit-elle. Si je peux vous être utile, n'hésitez pas.

— C'est entendu. Merci pour les viennoiseries. À bientôt, voisine !

Elle salua Joshua à son tour et, en s'éloignant du chalet, s'avisa que sa démarche était plus dynamique.

Ce serait bon d'avoir quelqu'un d'amical tout près, et meilleur encore d'avoir à s'occuper au lieu de se morfondre en ruminant l'échec de son mariage. Si elle en était si contente, cela n'avait bien sûr rien à voir avec une paire d'yeux bruns pétillants et une silhouette masculine bien découplée. Après l'effondrement de son couple, elle n'avait aucune envie de rentrer à nouveau dans la course des rencontres amoureuses. Mais disposer d'un voisin amical, quoi de mieux ?

# 2

Joshua se gara devant la barrière de sa voisine et coupa le moteur, encore indécis.

Rebecca était-elle sérieuse quand elle avait proposé son aide pour redécorer, ou l'avait-elle dit par politesse ?

Ce n'était pas la seule question qui l'avait agité durant le week-end. Il se demandait pourquoi une femme comme elle passait cinq semaines au vert dans le Vermont. Elle occupait un poste important. Pouvait-on se passer d'elle aussi longtemps ?

Ma foi, si elle voulait se confier à lui, elle le ferait. Elle était peut-être en convalescence après une maladie, ses yeux noisette étaient cernés. Et la réserve de son attitude laissait supposer un secret. Ou une femme attachée à son intimité.

Pourtant, après quarante-huit heures de solitude, seulement interrompue par un appel vidéo à Marco pour lui montrer l'étendue du travail nécessaire, il était prêt à risquer une rebuffade. Il n'avait pas besoin d'une présence constante, mais une conversation occasionnelle avec un autre humain, ce ne serait pas de refus.

Il descendit de voiture et s'engagea dans l'allée d'accès.

Le chalet d'Anita était impressionnant avec son terrain paysager étudié pour se fondre dans l'environnement, tout comme la construction, avec ses murs mariant le verre et la pierre et où le bois apportait une note de caractère. Si spectaculaire qu'elle soit, il préférait pourtant son chalet en bois peint rénové dans la joie et avec amour.

Il frappa à la porte puis recula d'un pas.

Après un instant, la porte s'entrouvrit. Rebecca jeta un coup d'œil, se détendit en le reconnaissant et ouvrit tout grand.

— Désolé de vous déranger, dit-il.

— Vous ne me dérangez pas. C'est juste que je n'attendais personne.

Rebecca avait l'air pourtant aussi bien mise que si elle allait recevoir une cohorte de visiteurs. Ses cheveux étaient réunis en queue-de-cheval, elle était maquillée avec discrétion mais raffinement, portait un pantalon gris bien coupé avec un chemisier bleu et une sorte de veste en tweed gris-bleu. Des clous en diamant paraient discrètement ses jolies oreilles.

Se rendait-elle quelque part ?

— J'aurais préféré téléphoner avant, mais je n'ai pas votre numéro.

Il aurait pu le demander à Anita, mais il aurait été bête de la déranger alors que Rebecca habitait tout à côté. Et un homme seul qui cherche à se procurer le numéro d'une femme peut-être célibataire suscite un genre de spéculations qu'il préférait éviter. Il n'était sorti avec aucune femme depuis la mort de Gabriella, et il n'en avait pas l'intention, quoi que puissent dire ses amis et ses proches. Il avait connu la perfection en amour, et il n'avait guère de chances de la retrouver. Comment pourrait-il consentir à moins ?

Cependant, l'accès de douleur et la répulsion instantanée qui l'avait si longtemps saisi chaque fois qu'une personne bien intentionnée suggérait qu'il « revienne parmi les vivants » n'étaient plus là. Quand était-ce donc arrivé ?

— Vous devriez avoir mon numéro, et moi le vôtre. Après tout, nous sommes voisins, dit Rebecca. Vous n'entrez pas ?

Il était évident qu'elle était occupée.

— Je ne veux pas vous retarder, dit-il en reculant.

— Me retarder ?

— Vous alliez sortir, non ? dit-il en désignant sa tenue.

Elle baissa les yeux, une rougeur lui enflammant les pommettes.

— J'ai l'air d'aller à une réunion de conseil d'administration, hein ? L'ennui, c'est que je n'ai que trois sortes de vêtements : pour l'entraînement, pour le travail et pour les sorties événementielles. Je n'ai pas de tenues décontractées, vu que j'ai rarement du temps libre. J'aurais pu mettre un sweat à capuche et des leggings, je suppose... Allons bon, voilà que je déblatère. Entrez donc.

Il enleva ses bottes avant de pénétrer dans le chalet.

Il y avait des années qu'il n'était venu chez Anita et Trudie pour leur « pot de Noël », mais l'intérieur s'avérait aussi princier que dans son souvenir. Les parois étaient en verre ou en pierre apparente. Là où elles étaient peintes, c'était en divers tons de gris et de taupe, les notes de couleur vive étant réservées aux ravissants éléments de décor et aux coussins luxueux sur des canapés, d'allure encore plus luxueuse.

Un ordinateur allumé était posé sur la table basse, et sur l'écran des gens s'étiraient dans des poses acrobatiques.

Rebecca suivit la direction de son regard et soupira.

— Ça ne m'est pas facile de me mettre en retrait dans mon travail. Mon assistante filtre mes courriels, mais j'ai réussi à la convaincre de me faire suivre les plus importants, et j'ai insisté pour suivre les cours. Ce n'est pas pareil en vidéo, mais ça me permet d'envoyer des observations et de réfléchir au casting.

Elle ne semblait pas avoir de projet de vacances ni vouloir se couper de son job. Il y avait donc bien un mystère derrière sa présence prolongée ici, pensa-t-il.

— J'ai peut-être la distraction parfaite à vous proposer, dit-il. Et peut-être aussi la réponse à vos soucis de garde-robe.

Elle haussa les sourcils, l'air interrogateur.

— Je me rends en ville. La température a chuté, et même si je ne pense pas qu'il va neiger, cela pourrait se produire. Si vous avez besoin de provisions, c'est le moment. Je suis tout aussi disposé à vous emmener en voiture qu'à prendre commande et vous rapporter ce qu'il vous faut.

— En ville ?

— Ne vous attendez à rien de spectaculaire. Elle compte quinze mille habitants, pas plus. Il s'y trouve tout de même quelques bons magasins de bricolage, où je dois faire des achats, et de belles boutiques de prêt-à-porter et d'articles de plein air.

— C'est plutôt prometteur. J'aimerais que vous m'emmeniez, si vous êtes d'accord ?

— Bien sûr.

Elle lança un coup d'œil vers l'ordinateur, hésitante.

— Accordez-moi cinq minutes. Je vous rejoins.

Il y avait quelque chose d'étrangement intime dans le fait d'avoir Rebecca assise tout à côté, se disait Joshua tandis qu'ils franchissaient en voiture les vingt-cinq kilomètres qui les séparaient de la plus proche ville. Sa passagère avait beaucoup de présence, même son immobilité était captivante. Elle parlait peu, mais il avait conscience de son physique, de ses longues jambes élégantes, de son parfum.

« Pas de souci, il t'est permis de la trouver séduisante. Elle *est* séduisante. »

C'était presque comme s'il entendait Gabi ponctuer ces paroles de son rire chaud et sonore.

— Les magasins où je me rends sont en périphérie, dit-il alors qu'ils approchaient de la lisière de la ville. Mais il y a un grand centre commercial à proximité. Je peux vous y déposer, ou alors, si ça ne vous ennuie pas d'attendre que j'aie fini, il y a d'autres boutiques dans le centre.

— Que devez-vous faire ?

— Acheter ou commander un supplément de bois, des outils, des clous... À peu près tout, en fait, avoua-t-il. Je veux finir le toit et les fenêtres cette semaine, et passer au moins une couche de peinture d'étanchéité afin de pouvoir me concentrer sur l'intérieur quand la neige sera là. Fin novembre, ce n'est pas le meilleur moment pour se lancer dans ce genre de travaux, je joue contre la montre ! J'ai les mesures pour le plan de travail de la cuisine et la quantité de carreaux qu'il me faut. Les équipements de la salle de bains sont bien, mais ce ne serait pas un mal de refaire le carrelage et le plancher. Si on me livre cette semaine, peu importe que la neige arrive. J'ai largement de quoi m'occuper.

— J'aimerais bien vous accompagner, si ça ne vous dérange pas.

— Pas du tout.

En fait, il fut heureux d'avoir la compagnie de Rebecca car, s'il n'eut aucun problème pour commander le bois, les outils, la peinture d'extérieur et le vernis, il se trouva embarrassé quand il fallut choisir le carrelage, la peinture pour l'intérieur, les plans de travail de la cuisine et les poignées.

— Que de nuances de gris ! maugréa-t-il. Pourquoi les gens raffolent-ils de cette couleur ? Si je fais le mauvais choix, le chalet aura l'allure d'une prison chic. Ce n'est pas ce que je cherche !

Rebecca se mit à rire et, malgré lui, il fut sensible à la musicalité de ce rire.

— Vos hôtels sont le symbole de l'alliance du confort et du luxe. Vous ne pouvez pas être aussi ignorant que vous le dites en ce qui concerne la couleur et les matières !

— J'engage des gens. Ils me soumettent des planches de tendances, et en général, je les approuve.

Ce n'était pas aussi tranché qu'il le prétendait. Il avait des idées arrêtées sur tout ce qui équipait ses hôtels, de la qualité du linge de lit au décor du bar. Mais en ce qui concernait le chalet, il faisait un blocage. Peut-être parce que c'était l'ultime part encore présente de Gabriella. Il avait quitté la maison familiale pour prendre un appartement après que les enfants étaient partis, il avait changé de voiture, changé de vêtements. Le chalet était la seule chose restée telle qu'elle était à sa mort, et même s'il avait besoin d'être retapé, comme elle l'aurait d'ailleurs voulu, il était presque paralysé à l'idée de prendre une décision.

— Dans ce cas, nous allons établir des planches de tendances, dit Rebecca. Je vous dois un déjeuner pour vous remercier de m'avoir invitée, nous en profiterons pour discuter de ce que vous avez en tête et revenir ensuite. Autant s'occuper de cela comme il faut.

Il protesta, assurant qu'elle ne lui devait rien, mais elle insista, alors, après avoir payé sa commande et programmé une livraison, il l'emmena dans le centre-ville.

Comme il lui avait dit, c'était une petite cité, même si elle abritait les bâtiments municipaux du comté. Deux fois séculaire, elle avait de l'attrait avec ses parcs et ses bâtiments historiques, son large fleuve et les montagnes proches lui offrant leur écrin spectaculaire. Il y avait des cafés, deux librairies et assez de boutiques de vêtements pour que Rebecca diversifie sa garde-robe et l'adapte à la neige. Il la déposa, ils convinrent de se retrouver deux heures plus tard dans un restaurant couru en bordure du fleuve, puis il trouva à se garer et vaqua à ses affaires.

Cela devrait lui paraître bizarre d'effectuer des achats de bricolage avec une quasi-inconnue, pourtant, cela semblait naturel. Rebecca manifestait un intérêt sincère, posant des questions sur l'utilité de certains outils, glissant son mot au sujet de la construction des décors de spectacles, plutôt complexe. Le nombre de domaines où elle avait dû s'impliquer était stupéfiant. Les éclairages, les costumes et les décors étaient aussi importants que la chorégraphie, sans parler de l'aspect commercial. Ce n'était pas si différent de la direction d'une chaîne d'hôtels !

Il avait hâte d'être au moment du repas et de connaître mieux sa mystérieuse voisine.

Si petit que soit le centre-ville, Rebecca y trouva tout ce dont elle avait besoin, et au moment où elle rejoignit Joshua, elle était lestée d'un certain nombre de sacs contenant des jeans, pulls, vestes en tricot, bottes d'hiver à semelle plate, chaussettes, sous-vêtements chauds. Il pouvait faire très froid à New York, aussi n'était-elle pas si mal pourvue, mais ils étaient passés en voiture devant des pistes de randonnée plutôt attirantes, et elle avait pris conscience qu'elle mourait d'envie d'exercice au grand air. Elle déposa ses sacs à l'accueil du restaurant, puis l'hôtesse la conduisit jusqu'à la terrasse vitrée donnant sur le fleuve, où Joshua, assis, consultait le menu.

Elle eut un temps d'hésitation, soudain intimidée.

Il semblait si maître de lui, si à son aise dans ce restaurant huppé ! Autant que dans le magasin de bricolage. Elle s'aperçut que l'hôtesse le regardait d'un air séduit et admiratif, et elle fut surprise d'éprouver un sentiment proche de l'instinct de propriété.

C'était ridicule, elle le connaissait à peine ! Et une relation, quelle qu'elle soit, était la dernière chose dont elle ait envie. Il y avait maintenant deux ans qu'elle vivait séparée d'Ivan, mais le divorce avait été interminable. Si éprouvant qu'elle ne s'était sentie libérée qu'après avoir reçu le jugement. Et même alors, Ivan avait fait en sorte qu'elle ne puisse pas totalement lui échapper. Il avait répandu des propos contre elle, leurs noms avaient été accolés dans les médias qui disséquaient la fin de leur couple, le blâme rejaillissant sur elle.

— Ça a été fructueux ? demanda Joshua alors qu'elle s'asseyait en souriant.

— Je crois, oui. La seule chose à laquelle je n'ai pas pensé, ce sont les provisions alimentaires. Les routes vont-elles devenir impraticables ?

— Les routes principales, non. Mais ça m'est arrivé de dégager à la pelle l'allée d'accès du chalet. À votre place, je ferais des provisions d'épicerie de base, et sans trop tarder. Cela dit, les chasse-neige sont très efficaces, vous ne serez pas condamnée à grignoter des biscuits de mer coincée à la maison.

— Je vais suivre le conseil, et profiter tout de suite d'un bon repas, déclara-t-elle. Le menu « spécial Thanksgiving » est alléchant... Le temps passe vite, je n'en reviens pas.

— Vous avez des projets ?

— Pour Thanksgiving ? En général, je travaille, dit-elle, ce qui n'était pas une vraie réponse, et elle sut que l'esquive n'échappait pas à Joshua. Et vous ?

— Moi aussi, en général. Mais cette année, je prévois un sandwich à la dinde, une belle part de tarte à la citrouille et une longue balade. Rien de tel qu'un grand bain de nature.

— L'emploi du temps parfait.

Cela valait bien mieux que d'être seule et essayer de résister à la tentation de s'immerger dans le boulot. Ivan l'avait accusée de ne penser qu'à ça. Quelle ironie, si cette escapade dans le Vermont confirmait son jugement !

— Je pourrais rentrer à New York, reprit-elle, réticente à laisser croire qu'elle n'avait aucun choix. Mais ensuite, j'aurais du mal à revenir ici. Et je viens d'acheter un tas de vêtements.

— Vous ne profitez pas de vos vacances ?

Il n'y avait pas de jugement dans l'intonation de Joshua, ni dans son regard bienveillant, seulement de l'intérêt et un brin d'inquiétude.

— Ce n'est pas ça. En fait, je ne suis pas habituée à avoir du temps libre. Quand je suis désœuvrée, je me sens coupable.

— On pousse parfois trop loin la conscience professionnelle. Mais je suis disposé à tirer profit de votre besoin d'occupation. Si vous étiez sincère en me proposant votre aide…

— Je l'étais !

— Comme vous l'avez sans doute compris, je me suis lancé dans une énorme entreprise, et je n'ai qu'un mois pour la mener à bien. Un coup de main serait très apprécié. Et en retour…

Le regard de Joshua s'obscurcit, un léger sourire incurva ses lèvres.

Surprise et alarmée, elle éprouva quelque chose d'étrange, qui ressemblait singulièrement au désir. Aussi, ce fut un soulagement que la serveuse se présente pour prendre leurs commandes. Joshua lui accordant la préséance, Rebecca commanda le « spécial Thanksgiving », composé de potage au potiron, dinde avec accompagnements traditionnels, tarte à la noix de pécan et verre de vin blanc.

— Je suis en vacances, après tout, dit-elle. Et mon repas de Thanksgiving consistera probablement en pâtes et salade. Alors autant profiter de l'occasion.

— Excellente idée. Je prendrai la même chose avec une bière sans alcool, dit Joshua à la serveuse.

Il se renversa sur son siège et adressa à Rebecca un lent sourire approbateur qui la réchauffa tout entière.

— On dirait que ce partenariat paie déjà, dit-il.

— « Ce partenariat » ?

— Celui que j'allais vous proposer : vous m'aidez, et je vous aide en retour.

— Cela m'intrigue, dit-elle en soutenant son regard. Développez.

— Vous voulez de l'occupation, et pour ma part j'ai besoin

d'une assistante si je veux que tout soit prêt à temps. Or, vous êtes en vacances. Alors, comme rémunération, je...

— Je n'ai pas besoin d'une rémunération !

— Je me propose de vous revaloir ça en vous prouvant que le Vermont est un lieu de vacances extraordinaire, enchaîna Joshua avec un sourire. Je commence par vous inviter à ma randonnée de Thanksgiving. Qu'en dites-vous ?

— Vous êtes bien sûr que je ne gênerai pas ?

— Sûr et certain.

L'esprit en ébullition, elle s'adossa à son siège tandis que la serveuse déposait sur la table son verre de vin blanc et la bière de Joshua.

Si elle acceptait la proposition, cela structurerait son séjour et elle aurait un but, deux choses qui lui étaient nécessaires. Cependant, elle passerait beaucoup de temps avec Joshua Pearson. Ce n'était pas une mauvaise chose, car il était séduisant, et pas seulement sur le plan physique. Il semblait avoir du cœur. Mais jusqu'ici, elle n'avait pas fait les bons choix, et elle n'était pas en état de se lancer dans une nouvelle relation – si toutefois une relation était dans les cartes !

Comme d'habitude, elle réfléchissait trop.

— Affaire conclue, se hâta-t-elle de dire. Je suis partante. Et autant s'y mettre tout de suite pour ce qui est des planches de tendances. Est-ce que vous aimez le bleu ?

# 3

Après avoir déposé Rebecca avec ses sacs au chalet d'Anita, Joshua regretta un peu l'impulsion qui l'avait poussé à l'inviter à sa balade de Thanksgiving.

Il la connaissait à peine, et cette journée passée avec elle confirmait ses soupçons : elle était du genre à cultiver son jardin secret. Il ignorait même si elle avait un compagnon, bien qu'il ait remarqué qu'elle ne portait pas d'alliance. Il avait aussi remarqué qu'elle souriait rarement – mais d'un sourire qui lui illuminait le visage. Elle avait un rire tantôt rauque et contagieux, en contraste avec sa voix mélodieuse, et tantôt pareil à une musique. Des gestes d'une grâce absolue… Et il désirait tout savoir d'elle.

Pour ces différentes raisons, la randonnée ainsi que les sorties en échange d'une collaboration étaient une mauvaise idée.

Cependant, il ne pouvait pas se dégager. D'autant qu'elle avait passé en revue avec lui toutes les pièces du chalet, si bien qu'il avait pu retourner au magasin de bricolage avec une idée nette de ce qu'il voulait. Elle lui avait fait des suggestions judicieuses et parfois même très inspirées.

Il regarda, sur le mur, les photos de son épouse bien-aimée, si vive et impulsive.

Gabriella n'aurait pas hésité à inviter Rebecca. Mais il ne pouvait pas s'empêcher de penser que son attirance pour celle-ci était une trahison envers sa femme disparue. Il savait aussi que Gabi lui aurait dit de ne pas être si ridicule. Qu'elle voulait qu'il profite de la vie et des rencontres.

— Tu me manques, murmura-t-il avec douceur, et il lui sembla durant un instant, que l'air se figeait comme pour signifier qu'elle était encore là.

Lorsque Thanksgiving arriva, par un jour clair et froid, et surtout sans pluie, Joshua se sentait beaucoup plus à l'aise à l'idée de passer du temps avec Rebecca. Celle-ci avait consacré une bonne dizaine d'heures, les deux derniers jours, à décaper et à poncer les placards de la cuisine. Ils n'avaient guère eu l'occasion de bavarder, car il avait été trop occupé sur le toit et par les fenêtres, mais ils avaient partagé un en-cas dans l'après-midi, dans une ambiance agréable. Chaque fois, il avait été sur le point de l'inviter à dîner au moment du départ, et elle-même avait marqué un temps d'arrêt avant de le saluer, comme si elle avait quelque chose à dire. Mais aucune invitation n'était venue, ni de sa part ni de la sienne. Ce qui semblait ridicule, vu qu'ils passaient tous deux leurs soirées dans une splendide solitude.

Comme convenu, il passa la chercher à une heure très matinale. Elle l'attendait, en pantalon de marche de couleur foncée, pull rouge et manteau blanc, un sac à dos à ses pieds. Cette tenue pratique prenait sur elle une allure sophistiquée, tout comme ses cheveux noués en arrière.

— J'ai cuisiné, annonça-t-elle en lui ouvrant. Des cookies aux fruits et aux noix. Pour être franche, c'est la seule chose que je sache faire, mais c'est un bon apport d'énergie. Vous n'êtes pas allergique aux fruits à coque, au moins ?

— Pas du tout, et c'est très alléchant. On y va ?

Il leur avait commandé un pique-nique dans un café local, donc il fit un bref détour en ville pour le prendre, puis, après avoir fermement refusé l'offre de Rebecca de le payer, il prit la route familière vers les montagnes.

Rebecca émit un soupir de contentement.

— Je me réjouis par avance de cette journée !

— D'ici une semaine ou deux, ces pistes seront couvertes de neige, alors autant faire des sorties tant que c'est encore possible. Mais les pistes de ski sont excellentes, ici. Est-ce que vous skiez ?

— Je n'ai jamais appris. Pas possible. Une blessure peut ruiner la carrière d'une danseuse.

— Il n'est pas trop tard pour apprendre.

— Je m'y essaierai peut-être, dit-elle, le regard tourné vers le paysage. On m'a inculqué la peur de tout ce qui pourrait provoquer un accident. Le corps des danseurs est leur instrument. Un ligament distendu peut signifier des mois hors circuit, des occasions manquées. Cela peut mettre des limites à ce que nous sommes prêts à tenter physiquement. Cela me fait tout drôle de savoir qu'un tas d'activités me sont maintenant possibles.

— Vous dansez toujours ?

— Seulement au cours d'échauffement matinal, mais tous les jours, oui. Si je le manque, comme ce matin, j'improvise après mon yoga des exercices « à la barre » à l'aide des plans de travail de la cuisine.

— Quelle énergie ! Nous avons une longue journée devant nous, vous savez !

Rebecca rit de le voir surpris.

— Le cours de danse du début de journée est aussi important pour moi que pour d'autres leur tasse de café. Cela réveille le corps et l'esprit. Vous devriez essayer.

— Vous m'apprendrez ?

Il n'aurait pas cru que sa requête paraîtrait suggestive, mais ce fut pourtant l'impression qu'elle lui donna, et à peine l'eut-il formulée qu'il aurait voulu pouvoir la ravaler. Mais quand il regarda Rebecca, il vit qu'elle souriait jusqu'aux oreilles.

— Si vous êtes doué.

— Je n'ai pas de collants.

— Je pourrai sûrement vous en prêter une paire.

Ce fut à son tour de s'esclaffer.

— Ce serait un sacré spectacle !

Ils firent le reste du trajet en silence, mais c'était un silence confortable, amical.

En un rien de temps, il se gara sur le parking qui marquait le début de la piste et transféra les boîtes du pique-nique dans son sac à dos en dépit des protestations de Rebecca qui voulait faire sa part.

Il avait choisi le sentier avec soin, car ils devraient être de retour avant le coucher du soleil, et Rebecca n'était pas habituée à la marche en dépit de sa splendide forme physique. Le circuit qu'il avait élu serpentait vers un plateau montagneux qui pouvait s'enorgueillir d'une cascade suivie d'une zone boisée, avant de réamorcer la descente.

— Vous avez de l'eau ? demanda-t-il alors qu'il verrouillait la voiture.

— Deux bouteilles.

— Une trousse de premier secours ?

— Oui, chef.

— Un sifflet et une boussole ?

— Case cochée !

— Vaporisateur anti-ours ?

— Ils hibernent, là, non ?

— Spray anti-orignal ?

Elle le fixa d'un air soupçonneux, mais il garda un air tranquille.

— Autant être prêts à tout, dit-il.

— Si je vois un orignal, je le contournerai, dit-elle en balançant le sac à dos sur ses épaules d'un geste gracieux.

Puis elle se dirigea vers la pancarte en bois qui signalait le début de la piste.

Il s'autorisa à contempler un instant sa démarche assurée de ballerine et sa queue-de-cheval dansante avant de la rejoindre à grandes enjambées.

Ils parlèrent peu au début. C'était la première fois depuis des années qu'il s'aventurait en pleine nature et, en embrassant du regard les arbres presque nus et le ciel bleu, en inspirant l'air froid et pur qui sollicitait ses poumons de citadin, il ne pouvait s'empêcher de repenser aux randonnées passées.

Il ne se sentait pas différent du jeune homme qui avait foulé ce sentier avec un bébé harnaché dans le dos, et pourtant, voici qu'il était là, tout juste quinquagénaire, avec deux enfants adultes. Cela lui semblait irréel. Il revoyait le jeune homme qu'il avait été,

Gabi près de lui, les enfants courant devant eux, et la nostalgie et le chagrin le submergèrent. Depuis la mort de Gabriella, il n'était pas revenu sur ce sentier de randonnée – un des lieux qu'il n'avait pas supporté de revoir sans elle. Mais aujourd'hui, cela lui semblait bien et juste d'être ici aujourd'hui, si douloureux que ce soit.

Rebecca semblait elle aussi d'humeur contemplative tandis qu'ils marchaient, mais, là encore, le silence était amical.

Après un temps, la pente devint plus raide, et il sentit une légère tension dans la poitrine et les jambes, au point de ralentir l'allure. Près de lui, Rebecca avait le souffle à peine plus court.

— Un coup de fatigue ? demanda-t-elle en ralentissant pour se mettre au même pas.

— Je cherche mon rythme, admit-il. Je vais en salle de sport, je fais du tennis et du racquetball, mais pour ce qui est de la marche, je suis un peu rouillé, et nous avons encore du chemin à faire. Mais vous, vous avez l'air capable de faire cette ascension au pas de course !

— Les danseurs doivent se maintenir dans une forme impeccable. Avez-vous déjà exécuté trente-deux fouettés ?

— Ma foi, non. Mais peut-être après que vous m'aurez donné quelques leçons ?

— Commençons plutôt par les bases, suggéra-t-elle.

De nouveau, elle devint silencieuse tandis qu'ils franchissaient un passage escarpé. Puis elle reprit :

— Merci de m'avoir invitée à venir.

— Vous êtes la bienvenue. J'avais besoin que quelqu'un installe le rythme. J'avais oublié à quel point ce sentier est raide par endroits.

— Oui, on n'a pas toujours l'impression de grimper, mais les jambes le ressentent ! C'est beau, par ici. C'est une de vos balades préférées ?

— Oui, mais il y a longtemps que je ne l'ai faite. C'était un bon trajet pour les enfants. Pas trop raide dans l'ensemble, avec beaucoup de points d'intérêt. Il y a une cascade et une mare où on peut nager en été, même si l'eau reste glaciale, et un bois avec des arbres qu'ils pouvaient facilement escalader.

Les souvenirs l'assaillaient à chaque pas, mais à chaque pas, sa douleur s'allégeait, et il finit par mesurer avec surprise qu'il prenait plaisir à cette excursion.

— Est-ce que... vous passiez Thanksgiving comme ça ? Ici, en pleine nature ?

— Non, c'est une première. Nous fêtions ça de manière plus traditionnelle. Je travaillais dans la matinée, puis je rejoignais Gabriella et les enfants chez ses parents. Elle faisait partie d'une grande famille italienne, alors, comme vous l'imaginez, il y avait beaucoup d'éclats de voix et de rires. Et de quoi nourrir un régiment ! Ils ont continué à nous accueillir après sa mort, et nous avons continué à aller les voir, mais ça n'a plus jamais été pareil. Une fois que Chiara s'est lancée dans ses voyages, j'ai trouvé un prétexte pour rester au bureau la majeure partie de la journée. Aujourd'hui, c'est spécial.

— Alors, je suis très honorée que vous m'ayez invitée.

— Et je suis très honoré que vous ayez accepté. Vous travaillez à Thanksgiving, vous aussi, si j'ai bien compris ?

— Le spectacle doit continuer. Et il continue, dit Rebecca.

La voix lui manqua un peu, mais elle reprit :

— Nous lançons *Casse-Noisette* dans quelques semaines. La première a lieu la veille de Noël, alors les répétitions vont bon train. Nous commençons aussi les répétitions pour les productions qui suivront, sans parler des spectacles du moment. Nous donnons un ballet contemporain en alternance avec *Giselle*, donc il y a des répétitions, des séances pour ceux et celles qui reprennent un nouveau rôle. Et les représentations elles-mêmes, bien sûr, parfois deux par jour.

— Vous devez avoir des journées de dix-huit heures !

— Et il arrive que ce soit sept jours sur sept.

— Moi qui pensais que le travail dans l'hôtellerie était exigeant !

— On ne peut pas voir ça comme un job, dit Rebecca d'une voix douce. Cela paie les factures, c'est vrai, mais c'est aussi un mode de vie. Si on commence à mal supporter les longues heures de boulot, les exigences physiques ou émotionnelles, il est temps d'abandonner. Certains danseurs et danseuses qui se sont entraînés à fond finissent par renoncer à l'orée de leur carrière. Ils réalisent peut-être, comme Anita, que leur corps ne les portera pas jusqu'au bout ? Ou qu'ils aiment d'autres domaines de la danse classique : l'enseignement, la conception, la réalisation de costumes... Mais tous, nous sommes enrichis par ces heures à l'atelier, par l'apprentissage de la discipline et de la beauté.

Il hocha la tête, presque jaloux de l'amour et de la nostalgie qui perçaient dans sa voix.

Il avait été, en grandissant, formé pour reprendre les hôtels familiaux. Il avait travaillé dur, non seulement pour être compétent, mais aussi pour développer et accroître son héritage. Chaque génération avait agrandi l'entreprise : son grand-père avait fondé le New York originel, son père avait acquis les bâtiments adjacents et fait du Grand York l'hôtel le plus couru de Greenwich Village, lui-même avait ouvert des hôtels « gémeaux » à Boston et à Washington, et l'entreprise était devenue grâce à lui synonyme de luxe, de style et d'accueil familial. Et maintenant, Marco réalisait l'expansion de leur chaîne en Europe, d'où son voyage à Rome, où ils avaient récemment ouvert leur premier hôtel italien. Oui, il aimait son travail, mais il n'avait jamais eu « la vocation », comme c'était visiblement le cas pour Rebecca.

— Est-ce que vous avez toujours voulu devenir danseuse classique ? Quand avez-vous commencé ?

— Ma mère avait été une reine de parade, dit Rebecca, accélérant alors que la pente devenait moins raide. Et quand elle m'a eue, elle a eu envie de revivre ses jours de gloire à travers moi. Avant mes trois ans, je « balbutiais » déjà un petit numéro. Elle m'a inscrite au cours de danse pour améliorer mon maintien, et dès mon entrée dans cet atelier, je me suis sentie chez moi... À l'âge de huit ans, j'ai obtenu une bourse dans une école de danse, et j'ai quitté le monde des parades et des spectacles historiques. C'était très bien, mes deux jeunes sœurs avaient hâte de prendre le relais.

Il jeta un coup d'œil vers la femme élégante et posée qui l'accompagnait. Il lui était difficile de l'imaginer dans l'univers exubérant et tape-à-l'œil des parades.

— Est-ce que votre mère vous en a voulu ?

Rebecca ne répondit d'abord pas et une ombre passa dans ses yeux noisette.

— Elle n'a pas compris. Pour elle, le monde des parades et des concours était tout. Je crois qu'elle a eu le sentiment que c'était elle que je repoussais en le rejetant. Que je préférais être avec mes professeurs de danse que de passer du temps avec elle à m'occuper de costumes et de coiffures. Le ballet l'ennuyait. Et moi, j'adorais ça. L'entraînement, la quête de perfection. Nous avions de moins en moins de choses à nous dire, et quand j'ai eu quatorze ans, j'ai déménagé pour entrer à l'école de ballet de New York et m'entraîner à plein temps. Je suis entrée dans le corps de ballet à seize, et depuis, j'ai une vie comblée. Il n'y a pas eu de brouille ou de grande dispute entre nous. Nous ne sommes pas proches, c'est tout.

Il essaya d'imaginer qu'il désapprouvait le choix de ses enfants au point de s'éloigner d'eux, mais cela lui paraissait inconcevable. Il aurait aimé que Marco lève un peu le pied, qu'il s'amuse, qu'il soit moins obsédé par la réussite, mais il le comprenait. Il était passé par là. Pour Chiara, il souhaitait qu'elle se stabilise un peu. Il savait qu'elle réalisait, en voyageant de par le monde, le rêve que sa mère n'avait pas pu accomplir. Mais il y avait des années qu'elle papillonnait de lieu en lieu et de job en job. Il avait même dû lui envoyer l'argent nécessaire pour qu'elle puisse revenir à la maison pour Noël. Cela n'était pas un problème, mais il ne pouvait pas s'empêcher d'être inquiet pour son avenir. Cependant, il respectait les choix de ses enfants, et son rôle était de les soutenir.

— Et aujourd'hui, demanda-t-il, vous voyez beaucoup votre famille ?

Rebecca soupira.

— Pas vraiment. Nous ne sommes pas en froid, ni quoi que ce soit d'aussi dramatique, mais nous vivons dans des mondes différents depuis longtemps. J'ai débuté à dix-neuf ans comme danseuse étoile dans le double rôle d'Odette et d'Odile du *Lac des Cygnes*. J'étais la plus jeune danseuse étoile de l'histoire du New York City Ballet, record que je détiens toujours. C'est peut-être un cliché, mais commencer par un tel rôle est véritablement une des plus grandes gageures pour une danseuse. Ma mère n'a pas pu être présente parce que ma jeune sœur participait à une parade locale. C'était toujours comme ça… C'est le ballet qui est ma famille.

Elle n'avait mentionné ni compagnon ni enfants.

— L'hôtellerie aussi peut donner ce sentiment, dit-il. J'y ai grandi, et mes enfants aussi, pratiquement. Lorsque Chiara s'est lancée dans ses voyages et que Marco a déménagé, il était mon sanctuaire. Il l'est encore parfois. Il m'est plus facile d'y passer de longues journées que d'affronter la solitude de mon appartement.

— Je vois très bien de quoi vous parlez, dit Rebecca.

Et il sut que c'était réellement le cas.

— Je rechigne un peu à laisser à Marco la liberté d'imprimer sa marque sur l'entreprise. J'ai cinquante ans à peine. Je ne suis pas prêt à la retraite. Si tant est que je la prenne un jour.

— Mmh. Autrefois, les ballerines s'arrêtaient tôt. Aujourd'hui, certaines continuent jusqu'à quarante ans et plus grâce aux progrès dans la nutrition et l'entraînement. Mais ce n'est pas une carrière à vie, nous savons toutes qu'elle aura un terme. J'avais très peur de parvenir à cette fin. L'occasion d'apprendre à gérer la compagnie de ballet a été ma sauvegarde. Un an plus tard, je suis devenue directrice artistique.

— Moi, je suis déjà P-DG. Je ne vois pas très bien quoi faire d'autre.

Elle rit.

— Peut-être y a-t-il d'autres possibilités, un chemin que vous n'avez pas encore vu ? Ma vie se déroule toujours dans le milieu de la danse, mais elle est très différente de celle d'une danseuse. Je suis allée de l'avant tout en restant impliquée dans ce que j'aime.

— Je pourrais peut-être transformer le chalet en Bed & Breakfast, ironisa-t-il – et, de nouveau, elle rit.

— Je ne suis pas sûre que mes talents de décapeuse soient d'un niveau professionnel.

Il y avait très longtemps qu'il n'avait eu une conversation aussi honnête et rafraîchissante. Comment était-il possible qu'il s'ouvre si facilement à Rebecca ?

Il n'en avait aucune idée, mais il était heureux d'être lui-même, Joshua Pearson. Ni un P-DG, ni un veuf, ni un père. Juste un homme.

Ils parvinrent en fin de matinée sur un vaste plateau montagneux, où ils firent halte pour manger les sandwichs à la dinde et la tarte à la citrouille.

Il y avait une éternité que Rebecca n'avait eu autant d'appétit – grâce, sans doute, au bon air, à l'exercice et au panorama magnifique.

— Même avec ces arbres dénudés et sans végétation verdoyante, c'est beau, dit-elle, rêveuse. En été, ce doit être splendide.

— Ça l'est, dit Joshua en lui tendant un verre de vin. Tenez, il faut fêter ce moment.

— Oui, dit-elle, contemplant son verre d'un rouge intense puis le décor environnant. Je suis heureuse d'être ici, dans la nature. D'avoir un nouvel ami...

Leurs regards se croisèrent pour un moment prolongé.

— Et ma liberté, ajouta-t-elle presque pour elle-même.

— Moi aussi je suis heureux d'être ici et d'avoir une nouvelle amitié, en particulier avec une personne habile avec une ponceuse. Je suis reconnaissant d'avoir mes enfants, d'avoir de beaux souvenirs et de me les remémorer avec joie et non avec chagrin. Et je remercie le temps, ce grand guérisseur, acheva Joshua.

C'était lui, cette fois, qui parlait doucement. Il leva son verre vers elle, et elle l'imita.

— Aux amitiés nouvelles et aux rénovations !

La progression le long du plateau montagneux était facile, elle eut l'occasion d'admirer la cascade et d'apprécier la marche sur le sentier sinueux. Quand ils atteignirent la piste de descente, le temps lui sembla avoir passé comme l'éclair.

— C'est exactement ce dont j'avais besoin, dit-elle alors qu'ils faisaient halte à un nouveau point de vue. Ça, et de vous donner un coup de main. Je ne suis pas faite pour rester désœuvrée, mais j'avais besoin de souffler. J'ai bel et bien dormi plus de six heures la nuit dernière.

Joshua ne fit pas de commentaire, mais son regard compréhensif la réchauffa.

— Il est difficile de savoir à quel moment on côtoie le précipice, continua-t-elle. Ma solution, c'était de travailler toujours plus. Se mettre en retrait, je considérais ça comme un échec. Mais si je persévère dans mon train de vie actuel, je reviendrai plus forte à New York, c'est clair.

— J'ai fait pareil après la mort de Gabriella. J'éprouvais le besoin d'être un père parfait, d'être présent à tous les événements scolaires de Chiara, d'être constamment là pour Marco, d'avoir des repas maison chaque soir et la lessive faite, tout en assumant des horaires déments à l'hôtel. Je me portais même remplaçant si on manquait d'un serveur ou d'un second de cuisine. Je n'arrêtais jamais.

— Moi, j'avais le sentiment de devoir faire mes preuves à un poste aussi important. J'avais la quarantaine, j'étais une femme, et j'étais sans expérience en affaires. Il est courant que les directeurs artistiques soient des danseurs, et j'avais obtenu un diplôme professionnel, mais rien n'aurait pu me préparer au moment où j'ai pris conscience que tout dépendait de moi : les répétitions, le planning, les recrutements, les promotions, le bien-être de la compagnie, la commande des spectacles, leur viabilité financière. Certaines personnes pensaient que j'échouerais. Elles *voulaient* que j'échoue.

— Des rivaux jaloux ?

— Non, c'est moins répandu qu'on le prétend. Pour la plupart, les danseurs et danseuses se soutiennent. L'une de mes plus grandes joies est de former d'autres danseurs. Il est gratifiant de voir briller les plus jeunes, de les aider à conquérir l'assurance nécessaire. Je les considère un peu comme ma volée de canetons, prêts à se transformer en beaux cygnes...

Elle ne voulait pas gâcher un après-midi aussi agréable en mentionnant Ivan, mais Joshua s'était montré si ouvert avec elle qu'elle ne pouvait pas le dissimuler plus longtemps.

— Mon ex-mari avait des idées très différentes des miennes sur ce que devait être ma vie après la scène. Il pensait que je devais le rejoindre à Los Angeles, soutenir sa carrière, participer à des comités et à des événements caritatifs. Il ne comprenait pas mon désir de continuer.

— D'où le « ex » ?

Elle hocha la tête.

— Le divorce a été prononcé le mois dernier. Cela a été dur. Je crois qu'il voulait me punir de ne pas être ce qu'il voulait que je sois. Il a combattu mes avocats, même si je ne demandais que ce qui m'appartenait. Et ça ne lui a pas suffi, il se répand en médisances contre moi.

Elle rit, consciente que son rire sonnait faux.

— Ça a fini par faire trop. C'est pour ça que j'ai quitté New York, pour fuir l'attention médiatique. Et parce que tout ce stress a fini par avoir raison de moi.

— Je suis navré que vous ayez dû subir ça.

— Ce n'est pas la même chose que de perdre sa femme.

— Mais vous avez tout de même perdu quelqu'un : l'homme que vous croyiez qu'il était. Vous espériez sûrement tout autre chose quand vous l'avez épousé. Vous avez le droit d'être en colère, Rebecca. Si vous avez envie de passer votre rage en ponçant mon plancher, ne vous gênez surtout pas !

Rire de son divorce, elle ne l'aurait jamais imaginé quelques jours auparavant. Et pourtant, voilà qu'elle riait !

— Je ne me gênerai pas, merci.

— Merci de vous encourager à poncer mon parquet ? Tout l'avantage est pour moi.

— Non, dit-elle. Merci de m'écouter. D'être compréhensif.

Un instant, elle craignit d'avoir révélé trop de choses. Mais les commentaires pertinents de Joshua l'aidaient à soulager son chagrin et son sentiment de culpabilité. Elle était en deuil, en effet. En deuil de la femme pleine d'espoir qui, sous sa couronne de fleurs d'oranger, avait prononcé des vœux qu'elle croyait éternels. En deuil de l'Ivan dont elle était tombée amoureuse, du jeune homme attentionné qui l'avait trouvée parfaite – jusqu'au moment où il avait essayé de la changer. Ou alors, c'était peut-être elle qui avait changé. Peut-être était-il lui aussi en deuil, et c'était pour cette raison qu'il se déchaînait avec tant de brutalité.

Ils avaient presque rejoint le parking, à présent. Le soleil était très bas dans le ciel. Malgré ses muscles endoloris, elle se sentait plus légère que depuis des mois. Elle avait besoin de se pardonner autant que de pardonner à Ivan, et, grâce à Joshua, elle n'était pas si loin d'y parvenir.

Le trajet de retour fut presque aussi silencieux que l'aller, mais c'était là encore un silence confortable entre deux amis contents d'être ensemble sans avoir besoin de parler. Devant chez Anita, Joshua se gara, jaillit de la voiture, ouvrit sa portière et lui tendit la main pour l'aider à descendre.

— Merci, dit-elle.

— J'ai été heureux de votre compagnie. C'est moi qui vous remercie.

— Merci pour cette journée au grand air, j'ai adoré, mais aussi pour m'avoir écoutée et aidée à prendre du recul. Il va me falloir du temps pour surmonter ces deux dernières années, mais à présent ça me semble possible.

Joshua hocha la tête.

— Le deuil n'est pas linéaire, dit-il. J'ai longtemps oscillé entre plusieurs états d'âme, et il m'arrive encore d'être en colère à l'idée qu'on n'a pas pu faire tout ce qu'on avait projeté. Mais c'est plus fugace. Cela viendra pour vous aussi.

Il hésita puis s'inclina et déposa sur sa joue un bref baiser, avant de reculer d'un pas.

— Joyeux Thanksgiving.

— Joyeux Thanksgiving, dit-elle en écho.

Et, un peu sonnée, elle le regarda rejoindre sa voiture puis partir, une main levée en signe d'au revoir.

Alors, seulement, elle s'autorisa à toucher sa joue qu'il avait embrassée.

# 4

— Bon, ne trichez pas, gardez les yeux fermés !

L'excitation de Rebecca était communicative, et le sourire de Joshua s'élargit alors qu'il se laissait guider, les yeux clos, pour franchir le seuil.

— Ça y est, vous pouvez regarder.

Il ouvrit les yeux, sidéré par la transformation réalisée.

Rebecca et lui avaient décidé de se concentrer sur le premier étage pour commencer. À présent, les encadrements de fenêtres, dûment poncés, avaient été revernis, le toit réparé avec de nouveaux bardeaux, l'extérieur repeint. Il pouvait se concentrer sur la réfection des deux salles de bains tandis que Rebecca se chargeait des chambres. On leur avait livré dans ce but, la semaine précédente, la peinture ainsi qu'un large assortiment de linge de lit et d'accessoires.

— Qu'en pensez-vous ? s'enquit-elle avec nervosité.

Il pivota sur lui-même, embrassant les lieux du regard.

— Je pense que vous êtes une faiseuse de miracles.

Elle rosit comme une églantine.

— Ce n'est qu'un coup de peinture.

— Oh non, c'est plus que ça !

Elle avait entrepris de poncer et vernir les parquets, ce qui l'avait occupée pendant presque une semaine, et à présent les planchers luisants avaient une chaude couleur miel. La chambre de Marco était exposée au sud, aussi Rebecca avait-elle choisi un bleu marine clair pour les murs. Le lit était paré de lin blanc et d'un dessus-de-lit en divers tons de bleu avec beaucoup de caractère, il y avait un tapis, des coussins et des rideaux assortis au bleu le plus clair de la courtepointe. De nouvelles lampes trônaient sur la commode et la table de chevet, et les murs étaient décorés avec un ou deux paysages venus du rez-de-chaussée.

Il s'approcha de la commode et regarda la photo nouvellement encadrée qui l'ornait : un Marco miniature dans les bras de sa mère. Gabriella et son fils riaient sur fond de lumière dorée.

Il déglutit, le cœur débordant, touché par tant de prévenance.

Il se rappelait Gabriella en bleu de travail, les cheveux retenus par un foulard, appliquant de la peinture sur les murs récemment enduits et chantant à tue-tête l'air qui passait à la radio. Elle avait formé tant de projets pour cet endroit qui lui était cher ! Et elle n'avait pas pu les réaliser… Il savait qu'elle aurait approuvé ces changements qui auraient dû être effectués depuis longtemps. Mais chaque métamorphose contribuait à la lui rendre plus lointaine.

— Ai-je outrepassé les consignes ? s'enquit Rebecca avec anxiété. Vous m'aviez dit de ne pas regarder à la dépense.

— Pas du tout. C'est parfait !

— J'ai presque terminé la chambre de Chiara, dit Rebecca, l'entraînant de l'autre côté du palier – avec douceur, et pourtant il fut comme transpercé par ce geste. J'avais quelques doutes sur le jaune, mais ça fonctionne si bien ! Cela éclaire la pièce, qui était plutôt sombre une fois le matin passé.

La chambre correspondait à celle de Marco, avec son linge de lit et sa courtepointe colorée, où dominaient cette fois les tons crème et jaune. Une photo de Chiara et sa mère ornait la commode avec, de part et d'autre, deux bougies parfumées.

— Comment diable avez-vous réussi tout ça aussi vite ?

Rebecca rougit de plus belle.

— Ce n'est qu'un coup de peinture. Vous, vous avez dû refaire l'enduit des murs et poser du carrelage.

Non, il ne s'agissait pas que d'un coup de peinture, pensa-t-il. Les planchers avaient demandé un rude travail. Et toutes les petites notes – les tableaux, les photos, le linge de toilette renouvelé, les peignoirs assortis accrochés au revers des portes apportaient un supplément d'âme à cette rénovation.

— Je ne sais pas comment vous remercier, fit-il.

— J'ai pris plaisir à m'en occuper, il n'y a pas lieu de me remercier. J'ai l'intention de passer une deuxième couche de vernis sur le plancher de la chambre d'amis, continua-t-elle d'une voix décidée. Dans la vôtre, ça devrait être sec, mais faites tout de même attention ce soir. Comme ça, demain, je pourrai m'attaquer à la peinture. Vous êtes toujours satisfait du vert sauge pour votre chambre et du gris-bleu pour la chambre d'amis ?

— Plus que satisfait. Mais je vous interdis de travailler encore aujourd'hui. Vous êtes censée profiter de vos vacances.

— Je vous l'ai déjà dit, j'aime avoir de l'occupation...

— Vous vous occuperez très bien à siroter un verre de vin pendant que je vous prépare à dîner.

— Ce n'est pas la peine, je vous assure !

— Rebecca, ce n'est pas une requête, c'est un ordre. Et tout en mangeant, nous aborderons la question de la « rémunération ». Il n'y en a eu que pour la rénovation, depuis sept jours. Pas une seule sortie.

Elle protesta encore, mais accepta qu'il la mène jusqu'au canapé et qu'il lui serve un verre de vin avant de se mettre à émincer des légumes.

Ils mangeaient chaque soir ensemble depuis Thanksgiving, mais c'était en général un en-cas après une journée bien remplie : pizza, salade, plats chinois à emporter de l'excellent restaurant de Newington. Un repas maison, c'était nouveau. Plus intime, avec la bouteille de vin débouchée, le feu flambant dans le foyer.

— Vous avez les gestes d'un pro, observa Rebecca tandis qu'il repoussait de côté les poivrons émincés et prenait une courgette. Chef cuisinier, bricoleur, guide de randonnée... Y a-t-il une limite à vos talents ?

— Je suis nul en pâtisserie, même avec une préparation prête à l'emploi. Mais comme j'ai été formé dans l'hôtellerie, j'ai touché à tout, y compris la cuisine. J'ai nettoyé des chambres, servi à table, tenu la réception, accueilli les clients, été portier... Mon grand-père avait tenu à ce que mon père apprenne le métier en partant du bas avant d'occuper le poste de directeur. Mon père a fait pareil pour moi. Et j'ai veillé à ce que Marco et Chiara apprennent tous les jobs qui font le succès d'un hôtel.

— Ils ont suivi vos traces ?

— Oui. Marco est notre directeur général. En ce moment, il inspecte notre hôtel de Rome récemment inauguré. Même si je n'ai aucune inquiétude. Eleanora, qui le dirige, est une des meilleures directrices que j'aie formées.

— Et Chiara ?

Sentant sa propre mine s'allonger, il essaya de sourire.

— Elle est dans l'hôtellerie aussi, mais elle ne travaille pas pour nous. Elle va de job en job. Elle n'est pas ambitieuse, au contraire de son frère. Elle préfère visiter le plus de pays possible au lieu d'avoir une carrière.

— Je ne vois pas ce qu'il y a de mal à ça.

— Il n'y en a pas, concéda-t-il. Et j'étais tout à fait pour. Mais courir le monde, c'est devenu son mode de vie, pas un intermède d'un an ou deux. Sa mère avait toujours désiré voyager. Elle avait établi une liste des endroits qu'elle verrait quand les enfants auraient grandi et qu'on pourrait prendre une année sabbatique en couple. Ce n'était pas destiné à se réaliser... Chiara a voulu vivre les rêves de sa mère. Mais va-t-elle se poser un jour ?

Bien sûr, Chiara pourrait toujours travailler dans n'importe quel Grand York, si elle voulait. Mais il avait espéré que, à ce stade, elle ait une vraie carrière, et à vrai dire, il trouvait libérateur de livrer ses inquiétudes.

— Qu'y avait-il en tête de la liste de Gabriella ? demanda Rebecca avec un intérêt bienveillant.

Il mit de côté la courgette émincée et regarda la photo de mariage qui figurait à la place d'honneur sur le mur.

— Vous savez, le pire après sa mort, en dehors du fait qu'elle n'était plus là, c'était que personne ne parlait d'elle. Les gens ne savaient que dire, j'imagine. Mais moi, j'avais envie d'en parler, de me rappeler le monde où elle était présente, et qu'elle était merveilleuse. C'était une plaie à vif, alors. Après tout ce temps, j'ai appris à être reconnaissant de ce que nous avons eu plutôt que d'être amer à cause de ce que nous avons perdu. Il y a tant de gens qui n'aiment jamais vraiment, et moi, j'ai eu droit à vingt ans d'amour. J'ai eu de la chance.

— Oui, vous en avez eu.

Rebecca avait dit cela à voix basse, et il s'en voulut. Il avait oublié que son histoire d'amour à elle s'était achevée dans l'aigreur.

— Gabriella désirait visiter l'Amérique du Sud. Elle adorait les couleurs, la cuisine, la musique. Surtout le Brésil.

— Et vous ?

— Moi, c'est l'Europe, l'Italie en particulier. Pour la cuisine. Et pour l'histoire, et... J'ai déjà mentionné la cuisine ?

— Laissez-moi deviner, vous aimez la cuisine italienne ?

— Ma mère était italienne, comme ma femme. C'est dans mes gènes.

Rebecca sourit, les yeux sur son verre de vin.

— C'était comment de tomber amoureux si jeune ? Savoir si tôt que vous aviez trouvé l'âme sœur ?

Il vérifia que l'eau qui chauffait dans la casserole était à ébullition, y jeta des pâtes puis mit un peu d'huile dans une poêle.

— Je suis tombé amoureux de Gabriella au premier regard. Elle venait d'arriver aux États-Unis. Quand elle est entrée dans la classe, j'ai eu le coup de foudre. Comme tous les autres garçons.

Il eut un large sourire et précisa :

— J'avais trois ans.

Rebecca se mit à rire.

— Un bambin précoce !

— Nous habitions à Brooklyn, dans le quartier italien. Ah, nous avons eu du bon temps ! fit-il avec un léger rire, en se remémorant son enfance, souvent très heureuse. Je l'ai invitée à sortir quand nous avions quatorze ans, pour la fête de la rentrée scolaire. Elle a dit oui, et voilà.

— C'est tellement romantique !

— Pas toujours, précisa-t-il en mettant les légumes dans l'huile, qui grésilla agréablement. Une grossesse dans l'adolescence, ce n'était pas romantique. Annoncer à nos parents qu'on attendait un enfant et qu'on allait se marier tout de suite après la fin des études secondaires, ça ne l'était pas non plus. Ils nous ont loué un appartement pendant que je finissais mes études, mais ensuite, ils nous ont priés de nous débrouiller. J'étais à l'université, Gabriella s'efforçait d'acquérir des unités de valeur aux cours du soir. Puis, quand j'ai eu mon diplôme, ça a été son tour. Elle faisait des études d'infirmière. Je travaillais à l'hôtel lorsque Chiara est arrivée. Parfois, on ne faisait que se croiser, le temps de se refiler les enfants, comme dans un incessant jeu de cache-cache. Pendant ce temps-là, nos amis s'amusaient et faisaient la fête. C'était vraiment dur.

— Mais vous avez réussi.

— Oui. Elle est devenue infirmière, les enfants allaient en classe, mes horaires se sont stabilisés à mesure que je gagnais du galon, nous avons acheté une maison...

Il ajouta les tomates en dés et les anchois.

— Bref, nous avons grandi et prospéré ensemble.

Rebecca prit l'assiette que Joshua lui tendait et alla la déposer sur la table.

— Mmh, ce que ça sent bon !

D'une simplicité trompeuse, le plat était cuit à la perfection, les pâtes *al dente*, les légumes subtilement braisés, le mélange d'herbes magnifié par l'*umami* présent dans les anchois et le fromage râpé. Surtout, c'était un plat apprêté pour elle, avec soin et sollicitude. Il y avait une éternité qu'elle n'avait pas eu droit à ça !

Ils mangèrent sans hâte, savourant chaque bouchée, chaque gorgée de vin, discutant des progrès effectués dans le chalet et de leurs plans du lendemain.

— Est-on dans les délais ? demanda-t-elle. On est le 1er décembre. Il reste quoi ? Un peu plus de trois semaines avant que votre famille arrive ?

— Grâce à vous, nous avons une belle avance. Les chambres et les salles de bains devraient être terminées dans quelques jours. Ensuite, je pourrai commencer à travailler ici.

— Pour le rez-de-chaussée, il faudra moitié moins de temps. Les nouveaux meubles arrivent le 21, et le plan de travail de la cuisine sera installé la veille.

— Vous avez un sens remarquable de l'organisation, dit Joshua. Je me serais consacré à une seule pièce à la fois, mais vous avez lancé toute une série de travaux. Plancher au séchage dans une pièce, ponçage en cours dans l'autre, vernissage des encadrements de fenêtre dans la troisième… Je me jugeais capable de réaliser plusieurs tâches à la fois, mais chez vous, c'est à un tout autre niveau !

Elle se sentit rougir.

Elle était habituée aux compliments, mais ils portaient presque toujours sur son élégance athlétique, sa grâce, sa beauté. Quatre années passées à diriger la compagnie n'avaient pas dissipé cela. Chaque interview ou portrait commençait par vanter son corps de danseuse, ses longues jambes et son cou de cygne, l'or de ses cheveux, ses yeux en amande… Et bien sûr, comme elle était l'épouse d'Ivan, les journalistes spéculaient sur l'absence d'enfant, sa décision de rester à New York au lieu de le rejoindre à Los Angeles. Aucune interview d'Ivan ne s'attardait de la même manière sur cette décision ! Aussi était-elle heureuse d'être appréciée pour ses capacités intellectuelles, même sur un plan aussi modeste.

— Tout est chorégraphie, expliqua-t-elle à Joshua, en riant de sa mine stupéfaite. Sur scène, il faut savoir où chaque chose et chacun se trouve, tout a un but précis. Un danseur peut n'avoir rien à faire si ce n'est s'appuyer à un pilier dans la scène du marché de *Roméo et Juliette*, par exemple. Mais il ne peut pas rester comme un piquet, il faut qu'il soit dans la peau de son rôle, et conscient de la place des autres. Dans la mise en scène, il faut jongler avec les personnages, les pas de danse, les accessoires, les lumières, les costumes, les coiffures, le maquillage, afin que pour le public cela forme un tout avec fluidité. La durée de chaque changement de costume, de coiffure, de plateau est minutée à la seconde près. La chorégraphie ne se limite pas aux pas de danse.

— Et en cas de raté ?

— Nous tâchons de le dissimuler. Les danseurs apprennent vite à pousser du pied un accessoire gênant, à modifier un pas tout en restant dans l'esprit de leur rôle. Il en va sûrement de même dans un hôtel, non ?

— Oh oui ! Un soir, un chef de cuisine nous a plaqués en plein service sans avoir réalisé la moitié des plats...

— Qu'est-ce que vous avez fait ?

— J'ai promu à l'échelon supérieur chacun des employés et je me suis chargé de la plonge. Une habituée a affirmé que c'était le meilleur repas qu'elle ait jamais dégusté !

Rebecca applaudit, ravie de la décontraction avec laquelle Joshua admettait avoir exécuté le job le plus subalterne.

Il était P-DG d'une chaîne hôtelière prospère, c'était un homme beau et intelligent, mais il n'avait aucune arrogance. C'était ça aussi qui le lui rendait si séduisant.

— C'est la pire chose qu'il vous soit arrivé ?

— Loin de là, dit-il en riant. Mais, quoi qu'il advienne, il faut trouver une solution. Une fois, une famille a « oublié » un enfant derrière elle. Ils s'étaient répartis dans deux taxis, et chaque côté croyait qu'il était dans l'autre voiture. Ils n'ont découvert la vérité qu'à l'aéroport. Pendant ce temps, mon adjoint était dans un troisième taxi avec le gosse, et ma réceptionniste pendue au téléphone tentait en vain d'avertir les parents ! Une autre fois, nous accueillions une noce très sophistiquée, et l'officiant s'est trouvé empêché. J'ai dû demander une licence en ligne et le remplacer au pied levé ! Je ne savais pas trop quoi dire...

— Je parie que vous avez exhibé votre grand sourire charmeur et que tout le monde s'est mis au diapason ?

À peine avait-elle lâché ces mots qu'elle souhaita les faire oublier. Elle se hâta d'ajouter :

— Mais il y a toujours des gens qui râlent quoi qu'on fasse.

— On dirait que vous en avez fait l'expérience.

— Oh ! ça oui ! Vous n'imaginez pas le nombre de gens qui réclament un remboursement sous n'importe quel prétexte ! Ils s'attendaient à des chansons, ou ils n'ont pas pu suivre l'histoire... C'est insensé.

Joshua se renversa sur son siège, repoussant son assiette.

— Quelle est la chose la plus drôle qu'il vous soit arrivé sur scène ?

— La plus drôle ? On ne trouve jamais ça drôle sur le moment, dit-elle, rassemblant ses souvenirs. Une fois, une danseuse a exécuté une pirouette qui l'a envoyée dans la fosse d'orchestre. Par chance, elle n'a rien eu, ni le joueur de trombone sur lequel elle a atterri. Et l'instrument non plus !

Il rit, d'un rire grave et approbateur qui la rendit toute chose.

— Une autre fois, je dansais un pas de deux... Un numéro plutôt dramatique, et nous portions des tenues drapées à la grecque. Le costume de mon partenaire a commencé à se défaire pendant que nous dansions.

— Qu'est-ce que vous avez fait ?

— On a continué à danser, pardi. Jusqu'à ce qu'il se retrouve presque torse nu. Il a évolué en direction des coulisses où l'attendait une costumière, et j'ai improvisé jusqu'à ce qu'il puisse me rejoindre. Une autre fois, ma perruque est tombée, je l'ai poussée du pied hors de vue, et j'ai poursuivi mon numéro, les cheveux enveloppés d'une résille. Une horreur !

— Je suis sûr que vous étiez belle.

Il avait parlé d'une voix grave et basse, avec un regard envoûtant, et elle en eut la gorge sèche.

— Je...

Puis, tout à coup, elle capta du regard le décor derrière lui : la lanterne d'extérieur était allumée et, dans le halo de lumière, des flocons de neige dansaient au-delà des vitres.

— La neige ! Oh ! Joshua, la neige !

Il cilla, comme s'il se délivrait peu à peu d'un ensorcellement, et se retourna pour voir. Puis il se tourna de nouveau vers elle, le regard pétillant.

— Venez !

Pouffant comme des gamins, ils se précipitèrent pour enfiler bottes et manteaux et sortirent sur le porche.

La neige avait déjà recouvert le sol d'une couche veloutée et scintillante. Rebecca renversa le visage, laissant les flocons glacés se déposer sur ses cils, sa bouche.

— À New York, la neige est un élément perturbateur, dit-elle d'une voix contenue pour ne pas altérer le charme de la scène. Elle signifie que le public ne pourra pas se déplacer, que les danseurs se blesseront en glissant sur le trottoir... Mais là, c'est magique. Quelle beauté !

— Oui, quelle beauté, dit Joshua.

Mais quand elle se tourna vers lui en souriant, ce n'était pas le paysage qu'il regardait, c'était elle.

Elle déglutit, crispée par la nervosité, un soupçon de peur, mais aussi, brouillant les ondes négatives, de désir et d'espoir.

— Joshua, souffla-t-elle.

Elle n'aurait pas su dire qui avait fait le premier pas, mais voici qu'elle regardait, tête renversée, sa mâchoire pleine de caractère, sa bouche ferme, les fines ridules d'amusement aux coins de ses yeux bruns chaleureux, et elle sut qu'elle pouvait se fier à Joshua Pearson. Et que d'être ainsi regardée, avec le même mélange d'espoir et de désir, était un rare privilège. Elle *avait confiance* en lui.

Ils demeurèrent comme en suspens pendant un bref instant, puis la bouche de Joshua fut sur la sienne, douce, sans exigence. Une entrée en matière, comme pour savoir s'ils voulaient tous deux la même chose.

Elle l'agrippa par les épaules, sa carrure rassurante lui offrant un ancrage.

Les secondes s'écoulèrent tandis qu'ils se découvraient avec lenteur, puis avec une assurance croissante, le baiser devenant plus profond. Elle se pressa contre lui, laissa courir les mains sur son dos, explora ses muscles, palpables sous le manteau, avant de se pendre à son cou. Il l'enlaçait d'un toucher léger, mais là où il posait les doigts, elle ressentait comme une brûlure. Leurs manteaux étaient à la fois une barrière indésirable et un écran bienvenu, garantissant qu'ils ne franchiraient pas le point de non-retour.

Elle n'aurait pas su dire combien de temps ils s'attardèrent ainsi. Elle ne sentait pas le froid, ne prêtait pas attention à la neige toujours plus drue, elle n'avait conscience que de Joshua. Le désir dangereux et chaud prenait vie en elle comme une flamme encore vacillante mais inextinguible.

Il y avait si longtemps qu'un homme ne l'avait touchée !

Au moment où elle en prenait conscience, la réalité reprit ses droits. Même si tout en elle lui criait de ne pas arrêter, elle rompit le baiser et s'écarta en frémissant.

— Je devrais rentrer.

Joshua avait l'air étourdi, mais son expression s'éclaircit subitement.

— On gèle, là-dehors. Si tu te réchauffais un peu avant de partir ? Je peux préparer du chocolat chaud.

« Du chocolat chaud » ? Avait-il eu une expérience très différente de la flambée de passion qui venait de la submerger ?

Sa confusion dut se lire sur son visage car il l'attira à lui un instant, et elle eut du mal à ne pas poser la tête sur son épaule virile et se serrer contre lui comme s'il lui appartenait.

— Je ne prétendrai pas que je n'ai pas envie de te réchauffer tout autrement, mais je ne veux rien précipiter, ni te bousculer ou me bousculer, ajouta-t-il avec un demi-sourire. C'est nouveau pour moi aussi. Alors, buvons un bon chocolat et parlons de demain. Je te dois un jour au grand air, et j'aimerais que ce soit un vrai rendez-vous.

Malgré les doutes qui venaient de l'assaillir, elle ne put retenir un sourire d'expectative.

— Un rendez-vous ?

Joshua avait l'air grave en posant les yeux sur elle.

— Je ne suis pas sorti avec une femme depuis la mort de Gabriella. Je n'en ai pas eu envie, même si beaucoup d'amis bien intentionnés ont tenté d'arranger des rencontres. Mais tu me plais énormément, Rebecca, et j'aimerais sortir avec toi... Si tu le veux aussi. Si la réponse est non, se hâta-t-il de poursuivre, j'espère que cela n'a pas gâché notre amitié. Nous nous connaissons depuis peu, mais j'ai le sentiment que nous sommes amis. Pas toi ?

— Si, dit-elle sans se laisser le temps de réfléchir. Je crois que nous le sommes. Et j'aimerais sortir avec toi, moi aussi. Oui au chocolat chaud également, vu que je ne sens plus mes orteils !

Il rit avant de déposer un baiser sur le haut de son front – geste affectueux si inconscient qu'il eut presque raison d'elle.

— Alors, viens, dit-il. Puisque chocolat il y a.

# 5

Il n'avait pas cessé de neiger depuis la veille, mais dans la vallée, la couche n'avait encore que quelques centimètres. Sur les pentes, elle était plus épaisse et augurait bien de la saison de ski. Et du rendez-vous improvisé d'aujourd'hui.

— Skier là-dessus ? fit Rebecca, qui regardait d'en bas la descente couverte de neige. Une novice est censée commencer sur une piste pour débutants, non ?

— *C'est* une piste pour débutants, dit en riant Joshua.

— Oh ! fit-elle. Il n'y a pas quelque chose de plus plat ?

— S'il n'y a pas de pente, les skis ne filent pas !

— Bon, fit-elle en se tournant vers lui, l'air résolue. Avant qu'on commence, tu dois savoir une chose à mon sujet : je ne suis pas facile quand il s'agit d'apprendre quelque chose. Si je n'y arrive pas rapidement ou si je m'avère peu douée, je peux avoir des sautes d'humeur. Je suis assez mauvaise perdante. Et très exigeante vis-à-vis de moi-même. Trop.

— C'est noté.

— Je sais que j'aurais dû dépasser ça, à ce stade, mais...

Elle semblait peu sûre d'elle, ce qui était attendrissant, et il ne put pas résister à l'envie de l'attirer à lui pour déposer un baiser sur son front.

Il fut aussitôt ramené au moment où, la veille, ils s'étaient embrassés sous la neige. Il s'était senti comme un adolescent, submergé par ses sensations, par la façon dont il était happé dans l'instant, oublieux de la froideur de la neige, de l'obscurité, pour ne songer qu'à la savourer.

Il ne savait pas très bien ce qu'il ressentait. D'un côté il jubilait et envisageait avec impatience les semaines à venir, de l'autre il avait de l'appréhension. Il ne se sentait pas coupable en tout cas, ce qui était inattendu. Il avait au contraire le sentiment que Gabriella aurait été heureuse de voir qu'il allait enfin de l'avant. Aurait-elle apprécié Rebecca ? Elles étaient très différentes, mais elles avaient en commun une honnêteté innée et une grande détermination.

— Nous ne sommes pas obligés de faire du ski, dit-il. Ce ne sont pas les villes pittoresques et les bâtiments historiques intéressants qui manquent dans le Vermont. Nous pourrions en visiter. Comme tu n'as pas eu la chance d'apprendre à skier, j'ai pensé que tu aimerais essayer, mais si ça ne te dit rien, pas de souci.

Rebecca regarda autour d'elle, désigna un tout petit garçon qui descendait la pente sur ses skis en souriant jusqu'aux oreilles aux personnes qu'il croisait.

— Ce môme a l'air tout juste en âge de marcher. Je vais être ridiculisée par un bambin en couche-culotte !

— Dois-je en conclure que tu tentes l'expérience ?

— Oui, dit-elle, tête haute. Mais pas de photos, hein ?

— Je n'en ferai pas tant que tu ne sauras pas descendre en chasse-neige, c'est promis. Et comme récompense… Tu as remarqué l'hôtel qu'on a dépassé en aval pendant le trajet ?

— Bien sûr.

— Je nous ai programmé un chouchoutage après-ski. Ils ont des jacuzzis, une piscine en plein air, un sauna et une salle de massage. La saison vient de commencer, alors ils étaient ravis d'une réservation de dernière minute.

— Joshua Pearson, tu sais parler aux femmes !

— Dans ce cas, allons louer les skis.

Il ne fallut pas longtemps pour que Rebecca soit équipée, et il lui montra comment glisser en pliant les genoux. Elle apprenait vite, aidée par sa grâce et son sens de l'équilibre, tandis qu'ils se dirigeaient vers les pistes.

Il lui avait proposé d'engager un moniteur, mais après un coup d'œil sur les ados joyeux qui incitaient les tout-petits à se lancer, elle secoua la tête.

— Si tu y es disposé, je préférerais que tu me montres.

— Comme tu voudras. Bon. Première leçon : la remontée mécanique.

Comme il convenait à une piste pour débutants, la remontée mécanique était un simple téléski qui les mena vite à mi-parcours de la pente, où il pensait commencer la première leçon. Rebecca lâcha un cri de surprise quand il lui dit de lâcher prise, mais elle réussit à glisser à l'écart du câble sans tomber.

— Quitter la remontée mécanique, c'est tout un art, dit-il en la stabilisant. Il semble illogique de se dégager d'une poussée, mais tu t'en es très bien sortie. Deuxième chose à apprendre : comment s'arrêter.

— Alors, ça, j'approuve !

Il s'était douté que Rebecca aurait des aptitudes naturelles pour le ski, et il avait vu juste. Au début, il veilla à ce qu'elle aille lentement, en gardant l'équilibre, en faisant du chasse-neige autant que de la descente, en se concentrant sur la pose, si bien qu'elle évoluait en zigzaguant avec grâce. Ce n'était pas sans heurts, car elle chuta plusieurs fois, mais elle ne tarda pas à prendre le coup.

Pour le septième essai, il l'emmena au sommet de la piste et fut ravi de la voir réaliser une descente sans accroc, ravi de son cri de joie quand elle s'arrêta. Elle avait les joues roses, le regard brillant, et elle l'étreignit, tout à son triomphe.

— J'ai réussi ! J'ai skié !

— Tu t'en es tirée comme une championne. Je pense que nous pourrions tenter une piste verte. D'accord ?

— Absolument, dit-elle sans la moindre hésitation.

— Les télésièges sont différents des téléskis, observa-t-il. Il faut descendre au bon moment, alors tu attendras mon signal.

Rebecca ne se contenta pas de descendre la piste verte une fois. Elle resplendissait, il n'y avait pas d'autre mot.

L'après-midi était déjà bien entamé quand il décida qu'il était temps d'arrêter.

— Je te sais en super forme, mais tu sollicites probablement des muscles qui n'y sont pas habitués, s'aventura-t-il à dire. Et puis, on peut revenir ici quand on veut.

— C'est vrai ? On peut revenir ?

— Bien sûr. Aujourd'hui, tu as acquis les bases. Il y a bien d'autres choses à apprendre.

— Je pensais que je détesterais ça, mais j'ai adoré. La vitesse, c'est grisant.

— Oui, on peut devenir accro, approuva-t-il.

Elle lui décocha un regard lucide.

— Merci. Tu as dû t'ennuyer mortellement. Pour moi, cette piste était une prouesse, mais toi, tu aurais sûrement pu la descendre les yeux fermés. Quand on reviendra, j'engagerai un moniteur. Je pourrais aussi m'entraîner toute seule, d'ailleurs.

— Mais non, voyons ! protesta-t-il.

Il était sincère. Sur le plan sportif, la journée avait manqué de piment, certes, mais c'était une expérience qu'il n'aurait manquée pour rien au monde. Voir Rebecca, débutante dubitative, passer à tant de jubilation était gratifiant. Mieux que ça même, car ces moments avaient été pleins de rires et d'amitié.

— En tout cas, tu devras passer au moins une heure sur une piste de ton niveau. Tu pourrais y aller maintenant. Je boirai une boisson chaude en t'attendant.

— C'est gentil de ta part, et je te prendrai au mot la prochaine fois. Mais là, nous devons profiter de la deuxième partie de notre programme. Allons rendre les skis.

Il se retourna vers la montagne tandis qu'ils gagnaient le bureau de locations, et son cœur se serra tandis qu'il suivait du regard un jeune couple enlacé sur un télésiège.

Ils lui rappelaient des week-ends passés ici, les gosses au cours de ski, et Gabi et lui gagnant les pistes pour un peu de sport en liberté. Il avait eu du mal à skier sans elle, à trouver le même plaisir dans ce passe-temps. Cette journée était un cadeau. Une étape de plus sur le chemin pour recouvrer la joie de vivre.

Un quart d'heure plus tard, ils reprenaient la voiture. La route était sablée et le véhicule équipé de pneus-neige, mais les flocons avaient recommencé à tomber, aussi Joshua roulait-il avec prudence. Les villages de la vallée, à présent couverts de neige, avaient quelque chose de féerique dans le crépuscule naissant. Les décorations de Noël conféraient aux lieux une ambiance festive. Partout il y avait des lanternes et des guirlandes lumineuses.

Il s'arrêta devant le complexe hôtelier en verre et pierre illuminé avec raffinement.

— Place à la deuxième partie !

Rebecca ne fit pas un geste pour descendre de voiture.

— Quand as-tu programmé tout ça ?

— Hier soir. C'est trop ? Je voulais t'emmener skier, mais ça peut être exténuant, la première fois, alors je me suis dit qu'un peu de chouchoutage ensuite pourrait atténuer ça. Après tout, tu effectues un travail physique assez rude en ce moment, avec la rénovation.

Sur le moment, il avait cru avoir une excellente idée. Mais il voyait maintenant qu'une pause au spa avait quelque chose de très intime lors d'un premier rendez-vous.

— Je ne t'ai pas caché que je n'étais pas sorti avec quelqu'un depuis longtemps. Si j'ai commis une erreur, dis-le.

Elle resta silencieuse pendant un long moment, puis elle lui effleura les lèvres avec les siennes tout en douceur.

— Non, ce n'est pas trop. Si on n'avait pas déjà passé une semaine ensemble, cela aurait pu être excessif, mais là… C'est attentionné. Vraiment attentionné. Merci.

— Moi tout craché, plaisanta-t-il.

En vérité, il ne préméditait rien, il fonctionnait à l'instinct. Il ne savait pas du tout ce qu'il y avait entre Rebecca et lui. Était-ce une aventure entre deux solitaires rapprochés par les circonstances ? Quelque chose de plus ? Le milieu new-yorkais des gens seuls en quête de rencontres était un panier de crabes dont personne ne sortait indemne, du moins cela avait été son excuse pour s'en tenir à l'écart depuis dix ans. Mais sortir avec Rebecca, ce n'était pas pareil. Il la connaissait, il l'appréciait, elle lui plaisait – et il pensait qu'elle ressentait la même chose à son égard. Cependant, si lui commençait à se croire disposé à revenir dans la course, elle-même était tout récemment divorcée. Était-elle prête à aller au-delà de quelques sorties pendant ses vacances ?

Et lui, jusqu'à quel point était-il prêt ? Des sorties pendant un congé, soit. Mais aurait-il présenté quelqu'un à ses enfants, ses amis, ses beaux-parents ? Ça, c'était un véritable gouffre à franchir, et il ne savait pas comment s'y prendre.

D'ailleurs, il ne s'agissait que d'un tout premier rendez-vous. Ils avaient échangé un seul baiser. Il sur-analysait la situation. Donc, il allait se fier à son instinct. Après tout, ça lui avait réussi, jusqu'ici.

Rebecca n'était pas du genre à se dorloter. Elle avait droit à des massages pour entretenir sa forme et sa souplesse. Elle nageait parce que c'était un excellent exercice, elle allait au sauna car c'était bon pour les muscles trop sollicités, mais elle ne s'offrait jamais une séance de chouchoutage. Chaque seconde de son temps était consacrée au travail, et elle avait toujours pensé qu'une cure en thalasso ou tout autre luxe de ce genre serait pousser trop loin le bouchon.

Eh bien, elle avait eu tort !

Elle garda les yeux clos tandis que l'esthéticienne continuait à faire pénétrer sur son visage un produit à l'odeur délicieuse et que la masseuse qui lui pétrissait les mollets lui procurait d'agréables sensations.

Depuis son entrée au spa, elle avait joui d'un bain de boue suivi, après une douche bienvenue, par un enveloppement d'algues. Le massage et le soin du visage achevaient les traitements et la laisseraient libre de profiter de la piscine extérieure chauffée et du jacuzzi, d'un sauna ou, si elle préférait, de paresser, enveloppée d'un peignoir moelleux, sur un transat capitonné.

Cela promettait d'être divin.

Quinze minutes plus tard, elle gagnait un des transats, totalement détendue, la peau aussi douce que celle d'un bébé. Elle s'assit et contempla la piscine, tentée de nager mais peu motivée pour se lever.

— Un thé, madame ?

Elle fit signe que oui à la souriante hôtesse et prit le thé au jasmin accompagné de petits biscuits qu'on lui offrait.

— J'ai envie de m'installer ici, dit-elle à voix haute.

— Moi aussi.

Elle n'avait pas entendu venir Joshua, qui s'assit en face d'elle et se pencha pour lui subtiliser un biscuit.

Il était en maillot de bain, et, en l'embrassant du regard, elle eut le souffle coupé.

Foin du « en forme pour la cinquantaine ». Joshua Pearson avait un physique que lui auraient envié bien des jeunes gens ! Il était mince, avec des muscles puissants et bien dessinés. Il venait de nager, visiblement, et avait les cheveux humides, le corps brillant de gouttelettes. Le désir qu'elle réprimait depuis le matin se ranima de plus belle, la mettant en émoi.

— Alors, ces soins thalasso ?

— Divins. Et toi ?

— J'ai opté pour les « soins du baroudeur ».

— Ça fait très macho.

— C'est censé attirer les amateurs de la vie sauvage, mais l'appellation gagnerait à être améliorée, c'est sûr.

— Et qu'est-ce qu'il y a dans le « soin du baroudeur » ?

— Un soin visage rafraîchissant, un massage génial pour défaire tous les nœuds musculaires et un bain de boue.

— Et tu te sens prêt à « barouder » ? plaisanta-t-elle.

— Je me sens prêt pour un bon dîner et un roupillon, oui !

Elle ferma les yeux, immergée dans la chaleur.

Les abords de la piscine étaient si bien chauffés qu'on se serait cru aux Caraïbes. Comme la saison était à peine entamée et qu'on était en semaine, ils disposaient des lieux à eux seuls. Ce qui la rendait encore plus sensible au fait que Joshua était allongé près d'elle, presque nu, et qu'elle était en bikini sous son peignoir. Elle aurait pu choisir un une-pièce couvrant, mais elle avait élu par coquetterie ce bikini d'un joli vert.

— J'ai envie de nager un peu, dit-elle en se levant pour gagner le bassin.

Elle conserva le peignoir jusqu'à la dernière minute, puis le laissa glisser et plongea aussitôt.

L'eau aussi était chaude, presque trop, elle se dirigea donc vers la séparation de verre qui marquait la frontière entre la partie couverte de la piscine et l'extérieur. Plongeant sous l'eau, elle réémergea dans le secteur à ciel ouvert.

Il faisait nuit à présent. Les lieux bénéficiaient d'un éclairage diffus, l'air était vivifiant, en contraste avec la température de l'eau. Le complexe hôtelier donnait ici sur les ténèbres. Quelques lointaines lumières étaient disséminées dans la montagne. Malgré ces signes de vie humaine, c'était comme si elle était seule.

*Presque* seule.

Elle avait prévu que Joshua la suivrait, qu'il interpréterait le regard enjôleur qu'elle lui avait lancé par-dessus son épaule comme une invite. Et, en effet, il refit surface près d'elle.

Elle fit du sur-place, pivota vers lui et, repoussant toute pensée dissuasive qui pourrait l'assaillir, elle le plaqua contre le bord du bassin et l'embrassa.

Elle perçut son murmure de gorge empreint de désir, puis il lui rendit son baiser avec assurance et intensité, à lui couper le souffle. Elle le sentait contre elle, tendu, musclé, et elle se pressa contre lui, apprivoisant par le contact ce que ses yeux avaient admiré. Le baiser prit un tour plus profond, dévorant, et elle oublia où elle était. Elle n'avait plus conscience que de la bouche de Joshua, de ses épaules qu'elle agrippait, de leurs jambes entrelacées. Comme la veille, elle perdit conscience du temps, jusqu'à ce qu'un bruit de voix de l'autre côté de la séparation vitrée la rappelle au réel.

Elle s'écarta, le souffle court.

— Je..., fit-elle.

Mais elle ne savait que dire. Elle risqua un regard vers Joshua, soulagée de le voir aussi sonné qu'elle.

— Bon sang, Rebecca, fit-il d'une voix enrouée. C'était...

— Bien, mal, indifférent, inapproprié ?

Il secoua la tête.

— Incroyable. Et je n'ai qu'une envie, recommencer. Mais c'est une chance que nous n'ayons eu aucun spectateur.

Elle se tint au rebord de la piscine, l'esprit en tumulte.

Sur le plan sentimental, elle n'avait jamais été impulsive, sa vie amoureuse passant bien après sa carrière. Son mariage avait surtout eu pour moteur la détermination d'Ivan. Elle l'avait laissé accomplir tous les pas. Avec le recul, cela aurait dû lui donner à penser, car dans tous les autres domaines de sa vie, elle avait travaillé dur. Tout ce qu'elle voulait, elle s'en était emparée.

Aujourd'hui, elle était libre, et avec Joshua, elle se sentait désirable, vivante. Plus encore, il la faisait rire, et il semblait la respecter pour ses qualités au-delà de sa réussite et de son physique. Et surtout, elle le voulait. Plus peut-être qu'elle n'avait jamais voulu un homme.

Cela la terrifiait et la rendait euphorique. Ivan lui avait dit qu'elle était morte à l'intérieur, mais si elle venait de se lâcher pour, dans une piscine, séduire Joshua Pearson, ça prouvait au contraire qu'elle était bien vivante !

— Une part de moi désire qu'on prenne une chambre ici, dit-elle – et elle vit s'obscurcir le regard de Joshua. Une autre part veut prendre la fuite en courant.

— Rebecca...

— Je sais que personne ne nous jugerait en mal parce qu'on vient de bousculer le jeu... Mais pourrait-on éviter de se précipiter ? En fait, je suis contente d'apprendre à te connaître.

Tout en parlant, elle frissonnait de désir et de nervosité, secouée de se mettre à nu avec tant d'émotion.

— Rebecca, je comprends. Je ressens la même chose. Je ne demande pas mieux que de prendre une chambre ici et de poursuivre ce que nous avons commencé. Mais il y a aussi une part de moi qui veut rentrer à New York comme si de rien n'était. Pas à cause de toi, mais à cause de ce que tu me fais éprouver. C'est un énorme changement, qui a mis longtemps à se produire, et auquel j'ignorais être prêt. Ça fait beaucoup.

Il eut un léger rire et ajouta :

— Ce que je raconte ne tient pas debout, probablement.

— Au contraire. C’est tout à fait sensé.

— Alors, ne rien précipiter, sortir ensemble, ça devrait nous mettre tous les deux à l’aise. Si on allait se rhabiller ? Et ensuite, je t’invite à dîner, puis je te raccompagne chez toi en tout bien tout honneur même si ce n’est pas si facile ?

— Je veux bien. Mais à une condition.

— Laquelle ?

— Que j’offre le dîner. C’est mon tour, ajouta-t-elle, souriante, en le voyant prêt à protester. Tu as cuisiné hier et tu as organisé cette journée merveilleuse. C’est le moins que je puisse faire.

Il la considéra d’un air grave.

— Très bien, c’est d’accord.

Elle fut envahie de soulagement alors qu’il inclinait la tête pour lui donner un baiser bref mais délicieux.

Ivan, beaucoup plus riche qu’elle, avait toujours manifesté de l’amusement quand elle avait suggéré de payer, balayant la proposition comme si son travail et l’excellent salaire qu’il lui valait ne représentaient rien. C’était peut-être peu de chose, mais l’attitude sans machisme de Joshua et son respect pour sa requête étaient pour elle aussi sexy que son anatomie.

Tandis qu’il repartait vers la piscine couverte, elle regarda son grand corps puissant qui fendait l’eau.

C’était elle qui avait suggéré qu’ils ne précipitent pas les choses, c’était la bonne attitude à adopter, mais… Elle allait prendre une douche froide avant le dîner. Et à en juger par les réactions de ses sens, elle devrait la renouveler jusqu’à Noël.

# 6

— Bon, tu es prête à la recevoir ? Elle est plutôt poussiéreuse, prévint Joshua.

— Oh ! du moment qu'elle ne contient pas des souris mortes ou des araignées, dit Rebecca en levant les bras pour recevoir la boîte qu'il abaissait vers elle.

— Non mais ! Tu crois vraiment que mon grenier est aussi sale ? fit-il avec une feinte indignation qui la fit rire.

— Il y a trois ans que tu n'es pas monté là-haut, et des bardeaux manquaient sur le toit. Toute une famille d'animaux forestiers aurait pu y emménager !

Par acquit de conscience, il balaya les lieux avec sa torche.

Par chance, la partie abîmée de la toiture avait été située sur les avancées, et le grenier était resté au sec. Cependant, Rebecca avait raison, il était plutôt sale et plein de toiles d'araignées. Il y avait ici des choses antérieures à la naissance de Chiara ! Il se promit d'y remonter pour faire du ménage.

Il empila les deux autres cartons de décorations de Noël près de la trappe du grenier puis, avec précaution, les passa l'un après l'autre à Rebecca.

Les progrès qu'ils avaient effectués dans le chalet étaient sidérants, et pourtant, ils avaient trouvé le temps d'aller plusieurs fois sur les pistes de ski ! Ils auraient terminé le gros des travaux au terme de la première quinzaine de décembre. Les deux salles de bains à l'étage étaient recarrelées, de nouveaux robinets et porte-essuie-mains installés avant que les pièces aient été repeintes.

Les chambres étaient terminées. Le plancher du rez-de-chaussée était reverni, les buffets de la cuisine repeints en vert sauge et dotés de poignées neuves. Il n'attendait plus que les canapés et fauteuils commandés pour remplacer les anciens, et que le monteur installe les nouveaux plans de travail – deux opérations prévues pour la semaine suivante, quelques jours avant l'arrivée de Marco et Chiara.

La perfection de l'entreprise était que le chalet restait la maison de vacances simple et accueillante que Gabriella et lui avaient restaurée à grand-peine. Il avait juste reçu le « nouveau souffle » dont il avait besoin pour une nouvelle étape de sa vie.

Rebecca avait réencadré certaines des photos de famille les plus réussies, y compris la photo de mariage de Gabriella et lui. Même s'ils devenaient chaque jour plus proches, elle ne manifestait aucun signe d'insécurité au sujet de son mariage. Elle semblait au contraire savoir quoi dire, quelle question poser, comment réagir, quand il parlait de sa femme disparue et de leur union.

À présent, ils s'apprêtaient à faire le tri des boules de Noël. Il n'avait jamais été facile, chaque année, de décorer le sapin, car tant de souvenirs se rattachaient à la moindre boule de Noël ou décoration ! Cependant, comme pour le chalet, il voulait donner un coup de pouce au rituel de Noël. Il pensait conserver les plus jolies décorations et en acheter de nouvelles. Les anciennes « éliminées » retourneraient dans le grenier car il n'avait pas le cœur de les jeter pour de bon, et après tout, un beau jour, les enfants pourraient les vouloir…

— Très bien, quel est le plan ? demanda Rebecca alors qu'il posait la dernière boîte sur le sol du salon. Tu vas chercher le sapin aujourd'hui ?

— Pas avant que Marco et Chiara ne soient là. Nous en choisirons un dans la forêt la veille de Noël.

— Je devine que c'est une tradition.

— Une de mes préférées. Noël commence tôt, à l'hôtel. En fait, nous installons les décorations au moment de Thanksgiving. Il y a plusieurs sapins, dont le célèbre et immense arbre de Noël sous la verrière.

— J'adore ce grand sapin, il signifie que Noël est là au même titre que celui du Rockefeller Center.

— Tu n'es pas la seule à le dire, nous avons à soutenir dans ce domaine une réputation que nous prenons très au sérieux. Il y a des traditions qui se répètent d'année en année, et nos clients ne voudraient pas qu'il en soit autrement.

Il ouvrit une boîte, soulevant encore un peu plus de poussière dans l'air. Rebecca courut chercher des chiffons à la cuisine. Il en prit un avec gratitude.

— Beaucoup de clients reviennent chez vous à cette époque de l'année ? demanda-t-elle en s'asseyant près de lui, l'enveloppant par sa senteur florale. Tu leur recommandes les spectacles de la compagnie de ballet, j'espère.

— Je le ferai à l'avenir, c'est promis. Oui, des clients reviennent à toute époque de l'année, mais surtout à Noël. Comme j'avais de jeunes enfants et que Gabi travaillait souvent la nuit ou le week-end, les petits passaient beaucoup de temps avec moi au travail, et ils se sont habitués à passer les fêtes avec les clients. Comme je te l'ai déjà dit, on installe très tôt les décorations et on met ensuite en place des animations de Noël. Construire une maison en pain d'épices, par exemple, ou des concerts de chants de Noël. Certaines familles viennent tous les ans. En fait, certains sont venus dans leur enfance et amènent aujourd'hui leurs enfants pour qu'ils fassent eux aussi l'expérience d'un Noël magique.

— C'est merveilleux !

— Oui.

C'était la première fois qu'il manquait ça, et, Marco étant à Rome, la première fois aussi qu'aucun des Pearson ne recevrait personnellement les hôtes du Grand York à Noël et durant les fêtes. Il avait pensé que les bruits familiers, les odeurs et l'affluence lui manqueraient, mais il était plus que content d'être ici. Ravi même, ce qui donnait à réfléchir !

— Oui, c'est merveilleux, répéta-t-il, mais c'est aussi assez lourd. Alors nous montions ici la veille de Noël pour passer le réveillon entre nous, en famille. On coupait le sapin, on le décorait, et le soir, on regardait des films de Noël avec du lait, du chocolat chaud et des cookies jusqu'à ce que les petits finissent par s'endormir.

— Et c'est ce que tu comptes faire cette année ?

— Je pense bien ! dit-il.

Au fil des ans, certains éléments de la tradition s'étaient perdus. Il n'avait pas souvent ses deux enfants avec lui, et il y avait belle lurette qu'ils n'avaient tous pris du lait et des cookies. Mais cette année, il voulait fêter leur réunion en recréant le Noël d'autrefois.

— Je sais que tu as de super chaussettes de Noël, dit Rebecca, mais as-tu pensé à de nouveaux pyjamas ?

— Assortis ?

— À toi de voir.

— C'est une bonne idée. Je vais ajouter ça à la liste. Il y a un marché de Noël ce week-end. J'ai l'intention d'y acheter le reste des cadeaux.

Depuis quelques semaines, il collectionnait des présents pour les chaussettes des enfants. Rien d'extravagant : caramels au sirop d'érable, pièces de monnaie en chocolat, certaines photos des murs avec un nouvel encadrement... Par chance, il avait apporté leurs cadeaux principaux, comme s'il avait pressenti qu'il finirait par rester dans le Vermont jusqu'à leur arrivée. Il avait fait nettoyer et réparer la montre de son grand-père pour Marco et nettoyer la bague de fiançailles de Gabriella pour Chiara en y ajoutant des boucles d'oreilles assorties réalisées sur commande. C'était une bague modeste, en diamants et améthystes, en accord avec les moyens financiers de leur jeunesse, mais Gabriella l'adorait, elle s'était opposée à ce qu'il la remplace pour leur vingtième anniversaire de mariage.

— Bon, pas de sapin avant le jour du réveillon. Ne vas-tu mettre aucune décoration avant ?

— J'achèterai une couronne au marché, du gui et du houx. Et je vais disposer certaines décorations tout de suite. Je veux me sentir dans l'esprit de Noël quand ils arriveront.

— Du chocolat au chaud sur le fourneau, des bonshommes de pain d'épices dans le four...

— Tu trouves que je suis un vieux fou nostalgique ?

— Je pense que tu es un père merveilleux et qu'ils ont beaucoup de chance de t'avoir.

Le regard de Rebecca devint mélancolique, et il se demanda si elle pensait aux parents qui ne s'étaient jamais intéressés à sa vie ou au mari dont elle parlait avec du chagrin dans la voix, en dépit de son sourire.

— Très bien, voyons un peu ces boîtes, dit-il en sortant une première décoration enveloppée avec soin dans du papier. Si on faisait trois tas séparés ? Un pour ce qui peut servir tout de suite à la déco, un pour les choses à remiser au grenier et un pour la décoration du sapin.

— À vos ordres, capitaine, plaisanta Rebecca.

Tandis que Joshua commençait le tri, Rebecca le regarda faire avec fascination.

Avec un peu de gêne aussi. En partie parce que c'était quelque chose de très personnel. Il était vrai qu'ils avaient bâti une véritable amitié, épicée par leur attirance, et tout aussi vrai qu'ils semblaient capables de s'ouvrir l'un à l'autre. Mais participer à l'activité présente, c'était accomplir un pas qui allait au-delà des conversations intimes. Cela lui permettait de voir *l'âme* de sa famille, un privilège auquel elle n'était pas sûre d'être prête.

Et en partie parce que c'était un rappel de ce que pouvait être une vraie famille. Dans la sienne, Noël avait été régi par les événements du monde des parades et spectacles historiques, et célébré en plus d'une occasion dans un motel, de retour d'une compétition ou en route pour l'une d'elles – ou bien elle seule à la maison avec son père, et sa mère et ses sœurs sur les routes. Plus tard, Noël avait été une période de travail intense où les rituels n'étaient que pour la forme. Ivan avait fait appel à une agence professionnelle pour décorer sa maison, tout comme Trudie et Anita. Rebecca avait l'habitude de s'en tenir à une couronne de Noël et à un sapin lumineux artificiel, sans plus y penser. Elle avait toutes les décorations qu'elle pouvait désirer au théâtre de la compagnie de ballet.

En revanche, ces trois boîtes-ci représentaient beaucoup de traditions bien-aimées et d'amour. Joshua avait eu une vie de couple parfaite, une famille parfaite. Que faisait-il avec elle ?

Elle chassa ces pensées négatives, et prit les diverses boules et décorations qu'il lui passait, essuyant chacune d'elles avec soin avant de la placer dans le tas approprié. Il fut vite évident que celles qui retourneraient dans le grenier ne seraient pas nombreuses. Chacune semblait avoir une histoire ou une valeur sentimentale, et bien avant qu'ils aient fini de trier la première boîte, Joshua avait les yeux humides.

— Gabi adorait les voyages, et partout où nous allions, elle achetait une décoration de Noël, dit-il en prenant une boule bleue où était représenté un paysage marin. Celle-ci vient de Cape Cod, où nous avons passé notre lune de miel. Trois nuits dans un motel décrépi des abords de Provincetown. Elle avait juré que nous aurions une vraie lune de miel un jour, quand les enfants auraient grandi et que nous ferions le tour du monde. Mais pour finir, elle a à peine quitté les États-Unis, sauf une semaine par-ci par-là où elle avait pu se libérer.

— As-tu beaucoup voyagé depuis que Chiara a quitté la maison ? demanda Rebecca en prenant délicatement la boule de verre dont la valeur sentimentale était si grande.

Joshua se passa une main sur le front.

— Je suis allé voir Chiara une fois ou deux, j'ai fait des repérages de lieux où nous pourrions nous installer en Europe et vu ce que faisaient nos rivaux en affaires, bien sûr. Mais en dehors de ça, non. En partie parce que c'était le rêve de Gabi et que je ne savais pas comment faire sans elle, ni même si j'en avais envie, et en partie parce qu'il fallait que je sois un ancrage pour les enfants. Et puis, j'ai fait mon deuil par le travail. J'avais besoin d'une occupation quotidienne prenante, et ce qu'il y a de bien dans l'hôtellerie, c'est qu'il y a quelque chose à faire à toute heure du jour ou de la nuit. En voyageant, j'aurais eu trop le temps de réfléchir.

— Moi aussi, je gère mes émotions par le travail, dit-elle.

— Est-ce que ça te manque ? fit Joshua, le regard aigu.

— J'avais besoin de faire une pause, reconnut-elle. Je m'en

rends compte. Et j'ai été heureuse de t'aider. Cela m'a apporté le sentiment d'accomplir quelque chose...

— Mais ?

— Mais, oui, l'atelier me manque, avoua-t-elle. Les cours de danse, les répétitions, ça me manque. Et le lever de rideau, que je sois en coulisses ou dans la salle. L'enseignement aussi, et le moment où je dis à un danseur ou une danseuse de se préparer à un nouveau rôle. Même les réunions sur le budget et la cour à faire aux donateurs me manquent.

— C'est aussi ce que je ressens au sujet des hôtels, dit Joshua. J'aime être là aux arrivées, quand les gens pénètrent dans le hall et découvrent avec éblouissement le grand escalier et le décor saisonnier qu'on a mis en place. Tout me plaît, inspecter les salles de restaurant pour m'assurer que les tables sont bien mises, vérifier que les chambres sont impeccables, veiller à ce qu'un événement se déroule bien. Et j'adore aussi le business, que ce soient les projets pour la saison suivante ou la recherche d'autres lieux pour nous développer. Mais on dirait que j'ai perdu le goût de cette effervescence, ces derniers temps. En laissant Marco déployer ses ailes, j'ai dû rogner les miennes.

— Que comptes-tu faire, alors ?

Si elle était sûre d'une chose, c'était que Joshua n'était pas du genre à rester les bras croisés. L'éclat de son regard brun lui confirma son intuition.

— J'ai des idées... Pas encore précises, mais elles couvent.

Elle rit.

— Que de mystère !

— C'est tout moi : grand, brun, ténébreux.

Ayant remisé la première boîte, il ouvrit la seconde, déballa une décoration, et ses traits s'adoucirent.

— Le premier Noël de Chiara, dit-il en lui tendant une boule rouge et verte. Nous l'avions fait réaliser exprès. Il y en a une assortie pour Marco, et une autre pour Gabi et moi, pour célébrer notre premier Noël à deux.

— Cela me peine, dit Rebecca dans une impulsion. C'était

apparemment quelqu'un de merveilleux... Elle doit te manquer énormément.

Joshua ne répondit d'abord pas. Il se leva, gagna le réfrigérateur et en sortit deux bouteilles de bière qu'il ouvrit. Il lui en donna une puis avala une grande gorgée de la sienne avant de se rasseoir à table et de sortir les boules dont il venait de parler. Il mania la boule rouge commémorant son mariage, l'air lointain.

— Gabi était si pleine de vie ! finit-il par dire. Au moment du diagnostic, nous étions choqués, et inquiets, bien sûr, mais en même temps nous étions convaincus qu'elle gagnerait la partie. Elle avait quarante ans, elle avait mené une vie saine, mangeait bien, buvait sans excès, se donnait de l'exercice... Elle avait vraiment de bonnes chances de s'en tirer, selon le médecin. Mais le cancer ne l'entendait pas de cette oreille. Quand nous avons compris que c'était la phase terminale...

De nouveau, il avala une grande gorgée de bière.

— Je ne veux plus jamais revivre un jour pareil.

— J'ai du mal à imaginer, dit doucement Rebecca.

— Quand il a fallu l'annoncer à Marco, à Chiara... Je ne suis pas près d'oublier le cri qu'elle a poussé. Quelquefois, je l'entends encore dans mes cauchemars. Mais Gabi était déterminée à vivre pleinement jusqu'au bout, et étrangement, certains de mes meilleurs souvenirs datent de ces derniers mois-là : notre séjour ici, quelques jours à Hawaï, une représentation de la compagnie de ballet...

Il regarda Rebecca en hochant la tête.

— Je crois bien que tu dansais, ce soir-là. En fait, j'en suis sûr. Je me souviens que Gabi était très heureuse d'avoir pu te voir dans le rôle de Juliette.

— Je suis heureuse d'avoir pu lui apporter quelque chose, fût-ce à mon insu.

— Tu fais sûrement partie des plus chers souvenirs de beaucoup de gens, comme pour nous l'hôtel.

— Je reçois beaucoup de lettres et de cartes postales de spectateurs qui me disent que ça les a aidés à traverser une période difficile de me voir danser. Mais je ne pense pas trop à ça. L'art devrait enchanter les gens, que ce soit une émotion temporaire ou plus profonde. Le ballet, ce n'est pas seulement de l'art, c'est aussi une distraction. Si le public ne s'amuse pas, à quoi bon ?

— C'est comme pour les hôtels. Nous offrons une expérience luxueuse, cinq étoiles, mais les clients doivent se sentir chez eux, savoir que leurs enfants sont les bienvenus, tout comme eux. Je déteste les hôtels où tu te sens obligé de parler à voix basse et où tu te sens un intrus parce que tes chaussures n'ont pas coûté mille dollars.

C'était agréable d'avoir trouvé quelqu'un qui la comprenait, qui avait les mêmes idéaux, la même morale. Il y avait longtemps qu'elle ne s'était pas fait de nouveaux amis. Si elle pouvait rester en contact avec Joshua, ce serait bien. Si excitante que soit leur attirance, il fallait mettre les choses en perspective. Elle ne voulait pas que les exigences de ses sens gâchent leur amitié.

— Le pire, reprit Joshua après un silence en contemplant toujours la boule rouge, c'était la rage que je ressentais. Parce que Gabi était tombée malade et n'avait pas gagné la bataille, parce que nous n'avions pas eu droit au temps que nous nous étions juré d'avoir ensemble, parce qu'elle n'avait pas pu réaliser ses rêves, parce que j'avais été impuissant à l'aider.

— Est-ce que tu le ressens toujours ? demanda Rebecca à voix basse, consciente qu'il se parlait à lui-même autant qu'il s'adressait à elle.

— Non, dit-il avec un soupir qui semblait émaner du plus profond de lui. Je ne sais pas quand ça a disparu, mais je ne ressens plus ça. Maintenant, je peux regarder en arrière et m'émerveiller de ce que nous avons réussi. Deux gamins trop tôt mariés qui, contre toute attente, ont passé ensemble plus de vingt ans, élevé deux merveilleux enfants, rénové ce chalet, bâti une maison, poursuivi une carrière. Ce n'était pas facile à l'époque où les enfants étaient tout petits, où l'un de nous était toujours au boulot et où nous étions éreintés. Alors, nous nous disputions beaucoup. Mais la plupart du temps, il y avait de l'amour et des rires. Certaines personnes n'ont jamais droit à ça. Nous avons eu de la chance.

— Oui, vous en avez eu, dit Rebecca, espérant que sa voix n'avait pas laissé percer ses regrets.

Elle avait vécu une passion avec Ivan, à un moment donné, et mené une existence luxueuse, mais il n'y avait pas eu beaucoup de rires. Comment avait-elle pu atteindre quarante-sept ans sans penser que le rire est important dans la vie ?

— Gabi me manquera toujours, dit Joshua. En faisant des choses que nous faisions ensemble, j'aurai toujours un moment de pause, de culpabilité, de chagrin. Mais de bonheur aussi. Le voyage a été long pour parvenir à ce stade. Je crois que la rénovation du chalet en était l'ultime étape.

Pendant la demi-heure suivante, ils achevèrent le tri, rangèrent la boîte des décorations pour le sapin dans l'armoire à vêtements afin qu'elle soit à portée de main la veille de Noël, et la petite quantité que Joshua avait éliminée à contrecœur reprit sa place dans le grenier.

Rebecca était charmée par la facette sentimentale de Joshua et par l'aisance avec laquelle il avait partagé, sans honte, les souvenirs que les décorations évoquaient.

Tandis qu'un poulet rôtissait dans le four, ils disposèrent les éléments qu'il jugeait bon de mettre déjà en place : des bougies, des guirlandes lumineuses argent et or, une crèche et d'autres ornements, dont une famille de daims qu'elle aurait bien aimé posséder !

Il était facile d'imaginer la scène qui se déroulerait dans un peu plus de deux semaines, quand Joshua accueillerait ses enfants dans le chalet qui avait été le théâtre de tant d'heureux souvenirs. Il y aurait des étreintes, peut-être même des larmes. Les guirlandes dont Joshua avait paré les étagères et les poutres scintilleraient, des chants de Noël s'élèveraient dans l'air, il y aurait sur le feu du chocolat chaud, dans le four des cookies à la cannelle et des bonshommes en pain d'épices. Il avait prévu chaque détail. Il voulait que ce Noël soit inoubliable.

Pour sa part, après avoir passé presque tout son temps avec lui ces dernières semaines, elle serait revenue à son ancienne vie.

Oh ! elle aurait sûrement des moments agréables ! Anita et Trudie arrivaient le 23, et un décorateur transformerait leur chalet en paradis de Noël stylé. Elles avaient réservé une table à l'auberge pour le dîner et donneraient le jour du réveillon leur célèbre « pot de Noël ». Joshua et ses enfants y feraient peut-être un saut – avant les films et le lait chaud de leur tradition familiale. Ce serait étrange d'être avec lui quand il serait entouré de ses enfants et elle de ses amis.

Leur romance hors du temps serait terminée. Après, elle retournerait à sa compagnie de ballet, sa salle de spectacle, ses danseurs. Elle *voulait* rentrer à New York. Mais elle avait été heureuse ici, très heureuse. Grâce à Joshua, à leur amitié, à son approbation réconfortante. Avec lui, elle pouvait être elle-même comme elle n'avait pas pu l'être réellement avec Ivan. Joshua semblait apprécier la vraie Rebecca. Il aimait son éthique professionnelle, ses tenues décontractées sans maquillage, sa coiffure toute simple, son esprit compétitif et indépendant. Il voulait la rendre heureuse, contrairement à Ivan, furieux qu'elle refuse de cadrer avec son univers.

Mais son temps avec Joshua n'était pas terminé. Dans un jour ou deux, ils iraient au marché de Noël de la ville, où il lui avait promis un grog au cidre et au rhum, parfumé au sirop d'érable et aux épices. Et une balade en traîneau.

Ils iraient aussi, au cours des dix prochains jours, skier sur les pistes, ce qui donnerait fatalement lieu à d'autres baisers encore. Des baisers doux et pleins d'âme, des baisers à chavirer de plaisir sans rien attendre de plus que l'ivresse du moment. Elle avait envie d'aller plus loin, en réalité. Mais il y avait de la joie dans ce retour à un monde révolu où les sorties amoureuses consistaient à s'embrasser, se tenir par la main, avoir des activités ensemble. Il y avait dix ans qu'elle n'avait pas connu d'autre homme qu'Ivan, et elle soupçonnait que Joshua n'avait connu que Gabriella. Cela leur convenait de ne rien bousculer.

Pourquoi s'inquiéter du lendemain et de ce qu'elle pourrait

ressentir ou pas ? Le moment présent était plus qu'agréable. Le dîner attendait d'être servi, un feu flambait dans l'âtre et un bel homme, bon et intéressant, était en train de lui servir du vin.

Demain pouvait attendre.

# 7

— Tu es sûr que c'est sans danger ?

Joshua s'aventura plus loin sur le lac gelé et se retourna vers Rebecca, toujours sur la rive, testant la glace de la pointe du pied.

— La glace est tout à fait solide, oui. C'est sans doute le cas depuis plusieurs jours, mais les Perez, de l'autre côté du lac, ont fait un test tout à l'heure. Allons, viens, je t'assure qu'elle ne se fendra pas, même si tu tombais cent fois.

— Je sais patiner, l'informa Rebecca. Mais j'ai l'habitude de le faire sur une patinoire.

— « Une patinoire » ? Avec de la musique tonitruante, des hot-dogs et des lumières partout ? Le vrai patinage, c'est ici et maintenant !

— J'ai lu *Les Quatre Filles du Dr March*, je sais à quoi je m'expose.

Mais, malgré son évocation de l'épisode où l'une des jeunes héroïnes manque se noyer après s'être aventurée trop loin sur la glace d'un lac, Rebecca était maintenant sur le lac figé et esquissait un timide pas en avant pour en tester la solidité.

Il appréciait ce trait de caractère : elle ne se précipitait pas dans une entreprise, elle ne prenait pas pour évangile la parole des autres. Elle aimait se faire son idée. C'était une preuve de réflexion et d'indépendance d'esprit qu'il admirait.

— Bon, fit-elle, prenant graduellement de la vitesse.

Elle finit par le dépasser et exécuta un demi-tour élégant pour revenir vers lui.

— J'ai pris le coup ! lui lança-t-elle.

Rebecca était toujours gracieuse, mais sur la glace, la danseuse qu'elle était ressortait dans chaque mouvement, dans ses virages faciles, et en dépit de ses épais vêtements chauds, elle conservait son allure. En la regardant gagner en audace tandis qu'elle virevoltait et filait sur le lac, il se sentit gagné par un feu intérieur.

Il *voulait* cette femme.

Ce n'était pas une surprise. Il l'avait admirée dès le premier jour, calme et posée alors qu'elle patientait près de sa voiture en panne, et il avait été frappé par son pouvoir de séduction quand elle était venue le remercier le lendemain. Mais ce n'était pas seulement une question de beauté physique, même s'il adorait manier ses cheveux d'or soyeux, contempler les petits éclats verts et or qui dansaient dans ses prunelles noisette, admirer ses muscles fins et déliés... C'était une compagne intéressante, attentionnée et avisée, à qui il était facile de se confier. Il y avait des années qu'il n'avait pas été aussi sincère avec quelqu'un !

Mais, en bien des points, Rebecca demeurait une énigme. Elle livrait peu de choses sur elle et avait évité d'entrer dans les détails sur son divorce, encore tout récent, il est vrai. Il respectait son désir d'intimité.

Il l'aimait beaucoup, l'estimait et la désirait. Il avait envie que leur relation se développe, envie d'être avec une femme qui n'était pas Gabriella. Cela faisait beaucoup de choses à digérer. Il n'était jamais vraiment sorti avec des femmes. Gabi et lui étaient tombés amoureux si vite et si jeunes ! Et bientôt, ses enfants seraient là. Que ressentiraient-ils s'ils le voyaient avec une autre ?

Pour toutes ces raisons, il s'accommodait très bien du souhait de Rebecca, qui tenait à une évolution progressive de leur relation. Lui aussi avait besoin de s'adapter.

— Tu patines ou tu es dans la lune ? lui lança Rebecca, le tirant de sa rêverie.

Il s'élança vers elle, prit de la vitesse, la saisit par la main en dépit de ses protestations rieuses et l'entraîna avec lui autour du lac en une valse tournoyante.

En ce milieu d'après-midi, le soleil hivernal était déjà bas et les branches alourdies de neige commençaient à se profiler sur le fond du ciel virant au mauve. Seuls quelques chalets étaient occupés, leurs lumières de balisage saupoudrées autour du lac. Ils étaient presque seuls au monde dans cet univers féerique et figé lorsqu'il l'amena à s'arrêter et s'empara de sa bouche avec un emportement sauvage, aux antipodes des baisers lents qu'ils échangeaient d'habitude.

Rebecca le saisit par les revers de son manteau et lui rendit son baiser avec autant de fougue. Le temps parut ralentir, comme chaque fois qu'il était avec elle, perdu en elle. Jusqu'au moment où des voix lointaines devinrent perceptibles : des voisins filaient sur la glace avec des enfants qui hurlaient de rire, leur révélant qu'ils n'étaient plus seuls.

Rebecca avait les yeux dilatés quand elle s'écarta de lui, le regard noyé. Elle lui effleura la joue de sa main gantée, et sa bouche un peu meurtrie s'incurva en un sourire.

— Merci, dit-elle.

— Tout le plaisir était pour moi.

Le sourire s'accentua.

— Pour le patinage. Le baiser, c'était plutôt une entreprise commune.

— Ah ? Il faut que j'essaie encore pour m'en assurer...

Il voulut la saisir, mais elle patina un peu plus loin en riant.

— Nous devons aller au marché de Noël, non ? On m'a promis une dégustation et une balade en traîneau, il me semble.

— Je pourrais te servir du cidre, allumer un feu...

Elle secoua la tête.

— Coup de main déco en échange de la découverte du Vermont, c'était ça le marché ! D'ailleurs, lança-t-elle en filant sur la glace, tu ne devais pas acheter d'autres petits cadeaux pour les chaussettes de Noël ?

S'avouant vaincu, il s'élança à sa suite.

Il avait fait une promesse à Rebecca et attendu avec impatience cette incursion dans le charmant marché de Noël de la petite ville. Il avait en effet des cadeaux à acheter, y compris pour des hôtes inattendus. Il ne serait pas surpris que Chiara amène une amie ou deux… Et il lui serait agréable de choisir quelque chose pour Rebecca. Un souvenir du temps qu'ils avaient passé ensemble.

Mais il aurait préféré, et de loin, se blottir près du feu et continuer ce qu'ils venaient de commencer.

Ce n'était peut-être que partie remise. Après tout, ils avaient programmé une balade romantique en traîneau…

— C'est super sympa !

Rebecca tentait de capter tout ce qu'il y avait à voir et à entendre autour d'elle. C'était la première fois qu'elle allait dans le marché de Noël d'une petite cité, et elle était enchantée. Les membres de la chorale locale, pimpants avec leurs écharpes et bonnets rayés assortis, chantaient des chants de Noël sur l'estrade. Des stands d'artisanat bordaient la place principale, où l'on y trouvait de tout, aussi bien de ravissants ouvrages en tricot que de superbes céramiques.

— Tu veux commencer par quoi ? demanda Joshua. La grande roue ? Le cidre aux épices ? La balade en traîneau ?

Il la tenait par la main, et ce geste d'affection en public était d'une liberté toute nouvelle pour elle. Mais c'était bien. Cela s'accordait à l'occasion et à son humeur. Cela s'accordait à cette nouvelle atmosphère de promesse et d'attente. Ils avaient échangé bien des baisers depuis une quinzaine, prolongés ou brefs, suaves ou torrides, mais jamais rien d'aussi intense, d'aussi profond et charnel que ce baiser brûlant sur le lac gelé.

— Je te retrouve au stand pour la dégustation dans une heure, suggéra-t-elle. J'ai des achats à faire.

— Moi aussi.

Il l'attira pour un baiser prolongé, et elle s'y abandonna. Pas de faux-semblants entre eux. Ils savouraient simplement ce qui les reliait.

Rebecca n'avait pas encore pu faire ses emplettes de Noël, elle profita de l'occasion. Elle acheta des créoles en argent pour

Trudie et une écharpe en cachemire pour Anita. Enchantée par le stand de bougies de confection locale, elle commanda deux corbeilles à envoyer à New York pour ses danseurs et danseuses et le personnel. Elle choisit aussi un pull pour Joshua, même si elle n'était pas sûre qu'ils échangeraient des cadeaux. Ce pull bleu était parfait pour les balades hivernales, et il serait hyper sexy avec.

Elle s'arrêta devant un stand de jouets en se demandant ce qui ferait plaisir à ses neveux et nièces. Elle les voyait si rarement que le choix était difficile. Elle envoyait des cartes postales à Noël et aux anniversaires, des chocolats à Pâques, des bonbons pour Halloween. Mais c'étaient des présents impersonnels. En écoutant les récits de Joshua, elle avait éprouvé une nostalgie aiguë de l'enfance qu'elle n'avait pas eue et de la famille qu'elle n'avait pas créée ensuite.

Son regard se porta sur une fillette qui pirouettait, pieds pointés comme une ballerine, et elle sourit.

Mais si, elle avait bel et bien des traditions de Noël ! La représentation de *Casse-Noisette* pour le réveillon était toujours suivie d'une distribution de cadeaux, et la fin de la série de représentations par une fête dont la scène était le décor. Elle avait des amies d'enfance et d'adolescence qu'elle aimait comme des sœurs, toujours là pour la soutenir quand elle en avait besoin. Et la compagnie de ballet était sa famille. Elle avait toujours été au centre de sa vie.

— Tu sembles bien pensive.

Elle n'avait pas vu venir Joshua.

— Regarde les enfants, lui dit-elle en désignant la grotte devant laquelle s'alignait une longue file de bambins attendant de rencontrer le Père Noël. Ils sont tout excités !

— Je regrette ce temps-là, dit-il alors qu'un petit garçon ressortait en serrant un cadeau contre lui avec un sourire jusqu'aux oreilles. Toute cette attente fébrile, cette excitation, cette foi totale dans la magie. Je me rappelle la fois où Chiara avait décidé qu'elle voulait être un pirate, la quête du costume de boutique en boutique, toutes sur le point de fermer...

— Tu l'as trouvé, ce costume ?

— Absolument, fit-il avec un sourire fier.

— Cela ne m'étonne pas. Tes enfants ont de la chance, tu as été un super papa.

— Super, je ne sais pas trop. J'ai fait de mon mieux.

Ses parents auraient-ils dit cela ? se demanda-t-elle. Qu'ils avaient fait de leur mieux ? Ils n'avaient pas compris son choix de carrière, mais ils lui avaient permis de fréquenter l'atelier de danse. S'ils ne l'avaient pas soutenue, ils ne lui avaient pas non plus mis d'entraves. Peut-être devrait-elle leur rendre visite après Noël...

Elle sourit à une petite fille qui les dépassait en serrant contre elle un ours en peluche.

— Ce doit être adorable d'avoir des tout-petits à gâter à cette époque de l'année.

— Tu n'as jamais voulu d'enfants ?

La question était candide, amenée par ce qu'elle venait de dire, pourtant, elle fut prise au dépourvu et balbutia.

— Ce n'est pas... Évidemment, je... En fait...

— Pardon, je ne voulais pas être indiscret.

— Tu n'es pas indiscret, mais... C'est compliqué, en fait.

— Alors, parlons d'autre chose. Mieux, faisons autre chose. La file d'attente s'est réduite pour les balades en traîneau. Allons-y, nous grignoterons un brin au retour.

Elle aurait dû être soulagée de le voir si compréhensif. Elle l'était, d'ailleurs. En même temps, elle se rendait compte que sa réticence à parler de son divorce et de ses implications était l'expression de sa répugnance à affronter ses propres sentiments, les propos que lui avait tenus Ivan, sa responsabilité dans l'échec de leur mariage. Cela ne lui ressemblait pas d'être lâche, mais l'année écoulée l'avait éprouvée, et elle n'avait pas envie de remuer le passé. Cependant, elle ne pourrait pas aller de l'avant tant qu'elle ne l'aurait pas fait. Joshua s'était ouvert à elle. Elle savait qu'il l'écouterait, et elle espérait qu'il la jugerait moins durement qu'elle se jugeait elle-même.

Ils n'eurent pas à patienter longtemps. Joshua l'aida à monter dans le traîneau et s'installa à côté d'elle, l'enveloppa de son bras, tandis que le cheval se mettait en route à l'incitation du conducteur.

— Ça te plaît ?

Elle hocha la tête, se blottissant plus étroitement contre la puissante stature qui faisait battre plus vite son cœur.

Qui aurait résisté au décor romantique de cette balade enchantée ? Le traîneau et le beau cheval bai qui le tirait semblaient tout droit sortis d'une scène de Noël victorienne alors que, blottis sous une couverture en fausse fourrure, ils glissaient le long de la rivière sur le chemin enneigé. C'était une splendide nuit d'hiver, avec un ciel d'un noir de velours scintillant d'étoiles, où un croissant de lune luisait doucement. Elle était avec un homme séduisant qui semblait la trouver séduisante aussi, c'était Noël, seuls le bruit des sabots du cheval et le tintement des grelots troublaient le silence. Même le conducteur, avec sa casquette et sa cape, contribuait à l'atmosphère.

Cependant, elle ne pouvait pas s'empêcher de songer à sa famille éloignée, à son mariage raté, au parcours qui l'avait conduite à être cette femme divorcée de quarante-huit ans. Elle avait toujours placé la barre très haut et détestait l'échec, mais dans ces relations capitales de la vie, elle avait échoué. Elle n'avait même pas envisagé d'aller voir ses parents quand son couple s'était défait, elle en avait à peine parlé à ses sœurs. Quant à Ivan, que la rupture ait eu lieu, soit. Mais qu'elle s'achève avec tant d'amertume et de rancœur...

— Oui, redit-elle dans l'espoir que ses propres mots la convaincraient tout à fait, bien sûr que ça me plaît. C'est très beau. Merci d'avoir proposé cette promenade.

L'étreinte de Joshua se resserra.

— Alors, comment se fait-il que je ne te croie pas ?

— Je...

— Je n'aurais pas dû te poser cette question sur les enfants. Cela ne me regarde en rien.

— Ce n'est pas grave, je t'assure. C'est juste que...

Elle regarda la rivière gelée, les arbres éclairés qui se découpaient sur le ciel sombre.

— Si nous avons rompu, Ivan et moi, c'est en grande partie à cause des enfants, et c'est pour cette raison que le divorce a été si acrimonieux. Je pensais que je ne ruminerais pas une fois la séparation prononcée, que cela ferait partie du passé. Mais j'ai l'impression que je n'ai pas vraiment digéré ça.

En réalité, elle n'avait rien digéré du tout. Elle s'était immergée dans le travail en espérant que le chagrin s'en irait de lui-même.

— Tu veux en parler ? Je sais écouter.

Elle avait envie d'en parler, et avec Joshua, mais pas en ce moment, pas dans ce traîneau, alors que des lumières scintillaient autour d'eux, que l'haleine du cheval dessinait un nuage dans l'air et que le conducteur était là, juste devant eux.

— Pas maintenant, dit-elle. Profitons de ces instants.

— Bien sûr. Mais je suis disposé à t'écouter quand tu voudras, Rebecca. J'espère que tu le sais.

— Oui, dit-elle, lui enveloppant la joue de sa paume pour tourner son visage vers elle et embrasser sa joue ombrée d'un chaume de barbe. Je le sais.

Ils ne dirent rien d'autre pendant le reste de la balade, et quand ils furent de retour à leur point de départ, où la file d'attente s'était de nouveau allongée, Rebecca avait recouvré sa bonne humeur. Joshua l'aida à descendre du traîneau, et elle reprit sa main alors qu'ils traversaient la foule.

Tout le comté semblait s'être donné rendez-vous au marché de Noël en ce début de soirée. On croisait des familles, de jeunes couples, des bandes d'adolescents. Les attractions de la fête foraine attiraient beaucoup de monde, des chants de Noël étaient diffusés par les haut-parleurs, c'était l'affluence aux stands. Cette ambiance conviviale et artisanale avait du charme. Tandis qu'ils s'arrêtaient pour écouter un groupe de musiciens locaux, Rebecca ne put pas s'empêcher de bouger au rythme de la musique, le corps ondoyant.

— Tu as le sens du rythme, lui murmura-t-il à l'oreille en l'enlaçant. On ne t'a jamais dit que tu devrais être danseuse ?

— Eh bien, bizarrement, on me l'a dit une fois ou deux, répondit-elle en l'entraînant dans la danse. Tu te débrouilles pas mal, toi aussi.

— Oh ! tu n'as encore rien vu ! Tu m'imagines en train de pincer les cordes d'une guitare invisible quand passe la chanson-déclic ?

— Nooon !

— Mais si ! Et je sais faire le vide sur les pistes de danse, surtout quand je glisse sur les genoux. Mes enfants n'ont jamais trouvé ça gênant, je t'assure.

— Sûrement pas quand ils étaient ados.

— Surtout pas quand ils étaient ados !

— Eh bien moi, j'adorerais te voir jouer de ta guitare invisible.

— Tout à l'heure peut-être, si tu es bien sage.

— Promis juré.

Leurs regards se rencontrèrent, et elle eut la gorge sèche en voyant le désir sans fard qu'exprimait le regard de Joshua. Un désir accompagné d'approbation, et, plus attirant encore que tout le reste, d'affection et d'amusement. Elle se pressa contre lui pour l'embrasser, savourant le naturel de leur relation. Autour d'eux, les gens continuaient à ondoyer et danser, et elle se joignit à eux, se laissant emporter par les rythmes de la batterie et de la guitare basse, jouissant du moment, désireuse de le voir durer le plus longtemps possible.

# 8

Joshua lorgna sa présentation, mais le cœur n'y était pas.

Le silence régnait dans le chalet, un trop grand silence. Grâce à Rebecca, les travaux avaient été menés à bien plus tôt qu'il n'aurait osé l'espérer. Mais comme ils tiraient à leur fin, elle ne se présentait plus chez lui sur le coup de 10 heures, après son cours de danse du matin, pour se servir une tasse de café avant de s'attaquer à l'ouvrage du jour.

Sa compagnie lui manquait. Maintenant, s'il voulait la voir, il devait lui envoyer un SMS pour proposer une activité ou l'inviter. C'était normal, mais tout de même… Il s'était habitué à l'avoir près de lui, tantôt silencieuse et concentrée sur sa tâche, tantôt fredonnant de sa voix joliment timbrée l'air qui passait à la radio. C'était étrange qu'elle lui manque alors qu'il avait vécu seul pendant si longtemps !

Mais il avait du travail, et elle aussi : elle devait relire les rapports de son conseil d'administration et avoir des entretiens-vidéo avec son équipe.

Il aimait son engagement, sa passion pour son travail. Il aimait aussi la voir se laisser aller. Il pensait encore à la façon dont elle avait dansé l'autre soir, le regard brillant, comme si elle était happée par la musique. Il y avait eu toute une petite foule autour d'eux, et les gens avaient applaudi à la fin du morceau. Il avait été fier d'être associé à elle, d'être l'homme qui la faisait virevolter, l'homme qu'elle avait entouré de ses bras, embrassé.

Et qui avait à peine fermé l'œil ces deux dernières nuits, s'agitant dans son lit qui lui semblait à présent vide.

Mauvais, tout ça. Il devait relire ce document et le terminer afin de pouvoir en discuter avec Marco pendant les congés. Il était temps qu'il se retire, l'heure était venue pour son fils de reprendre totalement les rênes parce que lui, Joshua, avait un nouveau projet. C'était ce dont il avait besoin ! Il avait fallu ce temps de pause au vert, à travailler de ses mains, pour qu'il en prenne conscience.

Mais s'il avait du pain sur la planche maintenant, cela ne signifiait pas qu'il ne pouvait pas prévoir quelque chose d'amusant pour plus tard.

Il prit son mobile et pianota un message rapide.

La soirée s'annonce idéale pour observer les étoiles. Ça te dirait ?

La réponse ne fut pas longue à venir.

J'en serais ravie.

C'était une nuit idéale. Joshua se présenta à la porte de Rebecca vers 17 heures, avec dans son sac à dos un thermos de chocolat chaud et des roulés à la cannelle pour le moment où ils atteindraient leur poste d'observation de l'autre côté du lac.

Rebecca ouvrit, prête à affronter la froideur glaciale en doudoune blanche, bottes de neige, bonnet, écharpe et gants. Elle lorgna le sac à dos d'un air dubitatif.

— Je croyais qu'on allait en promenade, pas en randonnée ?

— Il vaut toujours mieux être prêt à tout.

— Aérosol anti-orignal, anti-ours et fusée de détresse ? le taquina-t-elle. Eh bien, en route !

Rien de plus naturel pour eux que de se prendre par la main alors qu'ils entamaient leur marche autour du lac.

Ce n'était pas un très grand lac, six cents mètres de large sur trois kilomètres de long, pas plus, et chaque chalet bénéficiait d'assez de terrain pour garantir l'intimité de chacun tout en lui assurant un voisinage assez proche en cas de nécessité. Le chemin en bordure du lac était ouvert au public, mais la plupart des gens en ignoraient l'existence. Il n'était donc emprunté que par les habitants du coin, et, par une soirée aussi froide, Rebecca et lui l'auraient à eux tout seuls.

Ils s'engagèrent en direction du chalet voisin de celui d'Anita, aux volets clos et plongé dans le noir. Les étoiles scintillaient dans un ciel froid, avec une lune si brillante que la torche qu'il avait emportée était presque inutile.

— C'est une super idée, commenta Rebecca au bout de quelques minutes. Je suis restée enfermée toute la journée. Je suis ravie de respirer l'air frais et de me donner de l'exercice.

— Moi aussi, dit-il. J'ai enfin mis au point mon « plan business ». Il faut croire que je vieillis et que mon cerveau se rouille, parce que ça m'a pris plus de temps que prévu.

Elle se mit à rire.

— Tu n'es pas vieux du tout !

— Va donc dire ça à mes enfants. Je suis sûr que je leur fais l'effet d'un dinosaure.

C'était pour ça qu'il tenait à ce que son plan soit parfait. Il était le P-DG, il n'avait pas besoin de l'approbation de Marco, mais il tenait à l'avoir, non parce qu'il était son père, mais parce qu'il voulait avoir la certitude que son idée était bonne.

— Tu as tout juste cinquante ans, protesta Rebecca. Des tas d'hommes deviennent pères pour la première fois à ton âge.

— C'est vrai, j'ai des amis avec plusieurs mômes en bas âge. Je me demande où ils puisent l'énergie nécessaire. J'avoue que je suis heureux d'avoir eu les miens aussi jeune.

— Tu n'as pas envisagé d'en avoir plus ?

— Oh ! si, nous avons abordé la question plus d'une fois. Gabi n'avait que vingt-quatre ans quand Chiara est née, la plupart de ses amies n'en étaient même pas à leur premier bébé. Quand elles ont commencé à en avoir quelques années plus tard, elle s'est sentie en mal d'enfant. Nous avions plus de moyens, une chambre d'amis disponible, nos carrières étaient florissantes… Mais finalement, nous n'étions pas prêts à repartir pour les nuits sans sommeil et le reste. Tout allait bien, et nous ne voulions pas déséquilibrer notre barque…

Hélas, dix ans plus tard, la barque avait été carrément retournée.

— Il vaut mieux que nous n'en ayons pas eu d'autres, dit-il, pensif. C'était dur quand Gabi est tombée malade, puis qu'elle est morte alors que Chiara allait encore en classe et que je devais endurer mon chagrin et le sien, et aider Marco autant qu'il me le permettait. Il était si fermé que je me faisais un sang d'encre à son sujet. S'il avait fallu en plus que j'élève un ou deux tout-petits sans leur mère… Je ne crois pas que j'aurais su être un bon substitut maternel.

Rebecca lui pressa la main.

— Je pense que tu aurais réagi en leur apportant l'amour et la sécurité nécessaires et que tu t'en serais tiré magnifiquement bien.

— J'apprécie ton soutien. Mais s'il y a beaucoup de choses que j'aurais aimé faire différemment, avoir d'autres enfants n'en fait pas partie.

— Quel genre de choses ?

Il exhala un soupir.

— Gabi rêvait de voyager, un rêve qu'elle a transmis à Chiara. Alors, même si je pensais que Chiara aurait d'abord dû finir ses études universitaires et voyager ensuite, je l'ai soutenue quand elle a voulu partir. Mais je me demande si je n'aurais pas dû l'encourager à s'établir. Je m'inquiète au sujet du chemin qu'elle a choisi et de ce qu'elle fera de sa vie. C'est bien joli de courir le monde à vingt ans, mais elle se rapproche de la trentaine, et elle n'a toujours pas de vrai métier. Si Gabriella était là, elle saurait quoi lui dire. Elles étaient si proches ! Quant à Marco, il s'est immergé dans le travail pour faire son deuil, comme moi. Je regrette de ne pas l'avoir encouragé à exprimer davantage ses sentiments, à prendre le temps de souffler. Il n'a jamais vraiment lâché prise. Je regrette aussi de ne pas avoir su chérir chaque instant passé avec Gabriella.

Rebecca lui serra plus fortement la main.

— Ces regrets prouvent que tu es un bon mari et un bon père.

Je suis sûre que tes enfants savent que tu as fait de ton mieux. Tu dois être très excité à l'idée de les revoir ?

— Certes. Cela peut paraître ridicule, un homme de mon âge qui s'emballe pour une fête de Noël. Mais il y a si longtemps qu'on n'a pas été réunis ! J'avais promis à Gabriella que nous passerions toujours Noël ensemble. Ces dernières années où nous nous étions tous égaillés, j'ai eu le sentiment de lui avoir fait défaut.

— D'après ce que tu m'as dit d'elle, c'est la dernière chose qu'elle penserait. Elle approuverait tes efforts pour préserver la cohésion familiale, et ce que tu as accompli au chalet pour que la fête soit parfaite.

— Je l'espère.

— J'en suis sûre, et je crois que tu l'es aussi au fond de toi.

Ils poursuivirent leur route en silence.

Il y avait des années qu'il n'avait pas autant parlé de Gabriella, à part quand il était avec ses enfants ou dans la famille de sa femme. Les gens sont mal à l'aise quand on évoque une personne disparue. Pourtant, en parlant de Gabriella, en faisant revivre ses souvenirs et en les partageant avec une amie, c'était un peu comme si elle était toujours présente. L'empathie de Rebecca, son intérêt, ses questions pleines de délicatesse l'avaient aidé. Grâce à cette amitié, cette relation naissante, il était enfin prêt à aller de l'avant. Il n'oubliait pas Gabriella, il ne la trahissait pas. Elle l'accompagnait toujours, nichée dans un coin de son cœur qui lui appartenait à jamais.

— Merci, dit-il.

Rebecca leva les yeux d'un air surpris.

— Pourquoi ?

— Pour ton écoute, ta compréhension. Il est facile de parler avec toi, tu sais ? Tu es une bonne amie.

— Je l'espère. J'essaie d'être une bonne amie, une bonne patronne, un bon mentor. De ne pas être insensible et égoïste.

Il rit.

— Ce sont les derniers mots que j'emploierais pour te décrire !

— C'est pourtant comme ça qu'Ivan me dépeint. Et encore, quand il modère son langage !

— Il ferait mieux de tenir sa langue, observa Joshua, mâchoires serrées.

Il aurait volontiers dit deux mots à l'homme qui avait causé tant de peine à Rebecca.

Mais elle secoua la tête.

— Il a ses raisons. Tu serais peut-être de son avis à sa place.

— Je n'en crois rien. Quoi que tu fasses ou aies pu faire, je ne pense pas que ça diminuerait la sympathie et le respect que j'ai pour toi. Je t'ai dit l'autre soir que je n'insisterais pas pour que tu te confies, mais si tu veux en parler, je suis là.

Ils marchèrent un moment encore. Rebecca, pour la première fois, désirait examiner son mariage. D'instinct, elle sentait qu'elle pouvait se fier à Joshua, qu'il l'écouterait sans juger. Ou qu'il ne la jugerait pas aussi sévèrement qu'elle se jugeait elle-même.

— Je n'ai jamais été du genre à rêver de me marier, dit-elle enfin, tandis que Joshua lui adressait un bref regard rassurant. Ma sœur Jennifer, qui a deux ans de moins que moi, rêvait tout le temps du jour où elle se marierait. À l'adolescence, elle a même rempli un classeur de photos de robes, de lieux, de coiffures. Quand elle s'est fiancée à vingt ans, elle savait quel genre de robe, de mariage, de réception elle voulait, tout était planifié. Moi, je ne pensais pas à ça. Entrer à l'académie de danse puis dans la compagnie de ballet, devenir soliste puis danseuse étoile, être la meilleure, c'était ça mon but.

— C'est compréhensible. Le monde a évolué, et on a cessé de penser que la destinée de toute femme est le mariage.

— Je l'espère, dit-elle, serrant la main de son compagnon, mais dans mon expérience, ce n'était pas le cas. Dès qu'une femme avoisinait la trentaine, on commençait à lui demander si elle avait quelqu'un et si c'était une relation sérieuse, comme si c'était tout ce qui comptait. Je sortais avec des garçons, bien sûr, même si mon travail ne favorisait pas une vie sentimentale normale, et quand ces liaisons se terminaient, j'étais triste. Mais j'oubliais vite grâce au travail.

— Et tu as eu une carrière magnifique, approuva Joshua. Ta concentration et ta détermination ont payé.

— Oui. Je ne regrette rien. De vingt à trente ans et plus, j'étais heureuse… Vraiment heureuse. Comblée, pleine d'énergie et prête à tous les défis. Quant aux enfants, je n'y pensais pas, cela ne m'a jamais rendue mélancolique. Ce n'est pas que je n'aime pas les bébés, au contraire. Mais je n'ai jamais imaginé mettre en retrait ma carrière pour en avoir. Je fais mon possible à la compagnie pour que les danseurs et danseuses puissent concilier leur carrière et leur vie de famille. Mais quand on répète à l'atelier toute la journée et qu'on danse en scène tard le soir, il est dur d'y parvenir sans soutien et sans partenaire compréhensif. De plus, le corps d'une danseuse est son outil, et la grossesse le modifie. Il y en a que la maternité rend encore plus fortes, d'autres qui sont tiraillées entre leurs diverses priorités et qui finissent par quitter la scène. Moi, je n'étais pas portée à en avoir. Et je n'ai jamais eu de relation assez sérieuse pour que la question se pose.

— Tout le monde n'en désire pas, dit Joshua. C'est le choix d'une de mes sœurs. Elle préfère être la meilleure tata du monde. Comme elle le répète en riant, même si elle aime ses neveux et nièces qui tous l'adorent, son moment préféré, c'est quand elle les rend à leurs parents.

— Les miens ne me connaissent pas, hélas. Je ne suis pas une bonne tante, et je n'ai pas fait mieux en tant que sœur et que fille. Je ne partage pas leurs centres d'intérêt, ils ne comprennent pas les miens, et que je n'ai jamais tenté de franchir ce fossé. J'aimerais connaître mieux mes neveux et nièces.

— Il n'est pas trop tard.

— C'est vrai. J'y ai beaucoup réfléchi, il n'est pas trop tard.

Sa famille se sentait peut-être aussi exclue de sa vie qu'elle se sentait exclue de la leur. Il n'y avait qu'un moyen d'en avoir le cœur net.

— Et tu ne regrettes jamais de ne pas avoir d'enfants ?

— Non, réellement pas. J'aime découvrir de jeunes danseurs avec du potentiel et les voir grandir et s'épanouir. Les former à l'académie de danse et les diriger ensuite dans la compagnie.

Cette année, Freya, qui est très talentueuse, va faire ses débuts la veille de Noël dans la danse de la fée Dragée. Je l'avais remarquée quand elle était petite, j'ai été son mentor, et je suis très heureuse qu'elle réussisse. Je ne regrette pas de m'être consacrée à l'éclosion de nouveaux talents.

— Je trouve ça très louable !

— Merci. Mais la société est prompte à critiquer les femmes qui ont choisi de ne pas avoir d'enfants. Ivan ne le comprenait pas, il trouvait ça égoïste. C'était peut-être vrai.

— Il aurait dû se concentrer sur les choses merveilleuses que tu as accomplies, dit Joshua d'une voix tendue qui lui donna envie de se blottir contre lui.

— Ce n'était pas entièrement sa faute. J'ai fini par le comprendre, ces derniers temps. Poncer et peindre, ça laisse libre de réfléchir.

— Vous avez été mariés longtemps ?

— Sept ans. J'allais fêter mes quarante ans quand je l'ai rencontré…

Elle inspira à fond.

Elle avait évité jusque-là de penser à son mariage. Revivre ce passé l'oppressait, ne serait-ce qu'en paroles. Elle était heureuse d'être soutenue par la pression de main de Joshua, heureuse de marcher avec lui sous les étoiles, enveloppée par ces ténèbres qui lui donnaient la liberté de parler.

— Ivan est producteur de cinéma. Il a réussi, il est ouvert, sûr de lui et habitué à avoir ce qu'il veut. Nous nous sommes connus lorsqu'il a produit un film dont une séquence se déroulait sur scène. J'avais été engagée pour jouer la danseuse qui se produisait dans la séquence en question, et il était présent sur le plateau. Nous avons parlé puis, après le tournage, il m'a invitée à dîner.

Elle leva les yeux vers la lune se rappelant ce premier rendez-vous où elle s'était sentie si aimée, si spéciale.

— Ivan a beaucoup de charisme, et au fond, il m'a soulevée de terre. Il est du genre expansif, passionné, et il m'a eue au charme. Je suis tombée amoureuse. Je crois que l'approche de mon anniversaire y était pour quelque chose. Les danseurs ont une limite d'âge. En atteignant la quarantaine, on se dit que les choses vont changer, et je fuyais cette réalité. Il m'apportait la distraction parfaite.

Ils marchèrent encore un peu tandis qu'elle se remémorait cette époque grisante où elle était courtisée, inondée de mots doux.

— Honnêtement, je ne le croyais pas sérieux. Il était si intense ! On aurait presque dit une parodie de cour amoureuse. Quand il parlait de notre avenir, je riais de ses folies. J'ai supposé que la relation s'essoufflerait quand il rentrerait à Los Angeles alors que je vivais à New York. Mais je l'avais totalement sous-estimé. Quelques semaines plus tard, notre enivrante histoire d'amour battait toujours son plein malgré la distance. Il lui était plus facile de venir me voir, vu mon emploi du temps surchargé, alors il prenait l'avion et m'attendait le vendredi soir après le spectacle avec un énorme bouquet de fleurs. Il trouvait mon appartement trop petit, ce qui aurait dû me faire tiquer. J'adore mon appartement, je l'ai acheté avec mes économies, meublé avec amour. Mais Ivan n'avait pas du tout les mêmes goûts. Il trouvait bizarres mes trouvailles vintage et mon décor coloré. Il prétendait qu'il étouffait chez moi, alors il louait d'immenses suites d'hôtel luxueuses, m'emmenait dîner, me traitait en princesse. C'était très amusant, il connaissait tout le monde, évoluait dans un milieu très glamour, très fortuné. J'en ai bien profité.

Elle eut l'impression de se délester d'un poids en disant ça. Parce qu'elle s'était réellement amusée les cinq premières années. Il était facile de voir avec le recul qu'elle avait été folle de se laisser prendre au jeu de tout ce luxe glamour et tape-à-l'œil...

— En tant que danseuse étoile, j'étais habituée à avoir des invitations et à rencontrer toutes sortes de gens : des philanthropes fortunés, d'autres artistes... J'avais un certain train de vie, mais Ivan vivait sur un tout autre pied. Les premiers mois, la première année avec lui, c'était comme un conte de fées. J'avais travaillé si dur pendant si longtemps qu'il me semblait mériter de faire partie de ce monde-là. Mais je n'ai jamais envisagé que ce serait permanent.

— Tu l'aimais ? demanda Joshua.

Elle réfléchit intensément. Elle s'était souvent posé cette question, ces dernières années.

— Je croyais que oui. Mais je ne le connaissais pas vraiment, et il ne me connaissait pas non plus, alors comment aurait-il pu s'agir d'amour ? J'étais éblouie par lui, et il me voulait tellement que quand il m'a demandée en mariage au bout de six mois, j'ai dit oui, même si nous vivions rarement au même endroit. C'est la chose la plus impulsive que j'aie jamais faite. Ivan voyait mon avenir tout tracé : j'allais quitter la scène, le rejoindre en Californie, on essayerait d'avoir des enfants, et je deviendrais la parfaite épouse d'un producteur de cinéma, capable de faire la conversation à des gens importants, d'être stylée et à l'aise en toilette haute couture. Pour lui, je cochais toutes les cases. Bizarrement, au début, je ne me suis pas demandé s'il les cochait pour moi, et je ne lui ai pas dit que je ne me projetais pas du tout dans ce genre de vie, que je n'étais pas sûre de vouloir des enfants, que je refusais d'être une potiche, que je n'étais pas prête à arrêter la danse. Je n'arrêtais pas de repousser mon départ de la scène, même après notre mariage. Je n'ai pas été honnête envers lui ni envers moi. C'est ça qu'il ne me pardonne pas, et que je ne peux pas me pardonner : ce mensonge.

— Je vois en toi une personne franche, honnête. J'ai du mal à imaginer que tu aies délibérément trompé quelqu'un.

Elle grimaça.

— Je me suis aveuglée moi-même. Quand Ivan parlait de mon déménagement à Los Angeles, j'étais consciente d'être mal à l'aise. Il me déplaisait qu'il ne tienne pas compte de mes sentiments, je lui en voulais de refuser de s'installer à New York. Mais je croyais que ma carrière de danseuse touchait à sa fin. Je ne savais pas quoi faire ensuite, et un bel homme célèbre voulait me bâtir une nouvelle vie. Le genre de vie que de nombreuses femmes rêvent d'avoir.

— Mais tu n'as pas pris ta retraite ?

— Non. Quand j'ai accepté de l'épouser, je lui ai dit que je voulais avoir droit à une dernière saison. Puis un de mes chorégraphes préférés a été commissionné pour créer un nouveau ballet pour la compagnie, et il a voulu me confier le rôle principal. Je ne pouvais pas lui faire défaut, bien sûr. Ensuite, je me sentais si en forme que j'ai continué encore une saison, même si Ivan en était mécontent. J'aimais Ivan - enfin, je le croyais, et j'aimais être avec lui. Mais j'adorais aussi New York et la vie que j'y menais. J'aimais bien aller à Los Angeles, mais je ne me voyais pas vivre là-bas.

Elle soupira.

— Après trois ans de mariage, nous étions tous les deux conscients d'avoir fait une erreur, je crois. Mais nous étions trop têtus pour l'admettre. Alors, nous avons continué cahin-caha, lui à Los Angeles le plus souvent, et moi à New York. J'ai mesuré combien nous étions mal barrés quand j'ai hésité à lui apprendre que j'avais posé ma candidature au poste de directrice artistique. Et quand j'ai obtenu le poste, ma première pensée a été : « Comment le dire à Ivan ? » Mais il ne m'est pas venu à l'esprit de me désister. Je m'étonne qu'on ait tenu encore deux ans ensemble ensuite.

— Que s'est-il passé ?

Elle ne pouvait pas se cacher qu'elle avait contribué à la rupture de son couple, il lui fallait terminer son récit.

— Il y a deux ans, Ivan est venu à New York pour assister à la première d'un spectacle que j'avais monté, et il s'est montré de mauvaise humeur pendant toute la soirée. De retour à l'appartement, il a dit que nous devions réfléchir au sujet des enfants, que ce ne serait pas évident pour moi à quarante-six ans et que s'il fallait envisager une fécondation in vitro ou une adoption, il était grand temps de s'y mettre. Donc, je devais le rejoindre à Los Angeles pour fonder une famille. Ce n'était pas déraisonnable, j'avais passé cinq ans à New York contrairement à ce qui était convenu. Il a bien vu que je manquais d'enthousiasme. Nous avons eu une dispute effroyable. Il a dit que je n'avais aucune intention de quitter New York ni d'avoir des enfants, et au fond il avait raison. Quand j'ai fini par l'admettre, j'étais choquée mais aussi soulagée...

Elle se remémora ce moment de lucidité où elle lui avait dit qu'elle ne désirait pas la vie qu'il voulait.

— Il était furieux. Il a eu des paroles très amères : je l'avais mené en bateau, je l'avais privé de la vie et de la famille qu'il désirait à cause de mon ambition égoïste et de mon refus du compromis.

À vrai dire, elle ne l'avait pas volé. Quelle épouse, quelle femme était-elle donc, après ça ? Elle comprenait qu'Ivan ait voulu lui faire payer d'avoir placé ses besoins et ses désirs avant les siens. Mais elle ne lui pardonnait pas d'avoir fait traîner le divorce pendant deux ans pour la punir, ni le tapage médiatique et les insinuations nuisibles qu'il avait orchestrés contre elle.

Joshua resta silencieux pendant un moment, sans cesser de lui tenir la main – et elle se cramponna à ce signe de réconfort.

— Je comprends qu'il ait été bouleversé et déçu, dit-il enfin. Mais il ne te connaissait donc pas ? Pourquoi a-t-il voulu épouser une femme avec ton ambition et ton talent et faire de toi une épouse-potiche à Hollywood ? Il y avait sûrement à Los Angeles des centaines de femmes qui correspondaient à ce modèle, non ? Tu ne lui as peut-être pas signifié par des mots quel genre de vie tu voulais, mais tes actes étaient parlants. Si Ivan t'avait véritablement aimée, il aurait trouvé un compromis au lieu de vouloir te contraindre à choisir entre ta carrière et la vie qu'il voulait.

Elle s'immobilisa et regarda Joshua.

Était-ce vraiment ce qu'il pensait de son histoire ?

— Oui, mais j'aurais pu...

— Il avait épousé une danseuse étoile parvenue au faîte de sa carrière grâce à son talent et son travail acharné, une danseuse novatrice et qui avait réussi. Il aurait dû te glorifier et te soutenir au lieu d'en concevoir de la rancœur. Tu aurais sans doute dû jeter l'éponge plus tôt, mais s'il est une chose que j'ai apprise de toi au cours des dernières semaines, c'est que tu ne renonces pas facilement et que tu n'aimes pas l'échec. T'obstiner dans une vie de couple difficile, c'est ton genre. Mais je pense que tu devrais te pardonner.

Elle le dévisagea avec des yeux ronds, à la fois choquée, surprise et prise d'espoir.

— Tu ne trouves pas que je suis quelqu'un d'horrible ?

— Tu es une femme courageuse qui a essayé de tirer le meilleur parti possible d'une mauvaise situation. Nous en sommes tous réduits à ça, Rebecca, nous commettons tous des erreurs. Le mieux, c'est d'en tirer la leçon et d'aller de l'avant.

Elle sentit ses lèvres frémir, sa gorge se serrer, ses yeux s'humecter. Elle ne pleurait jamais, mais cette compréhension inattendue n'était pas loin de la faire craquer.

Elle s'abandonna à l'étreinte virile de Joshua, laissant couler ses larmes, et tandis qu'elle pleurait, enfin, elle sentit refluer un peu sa souffrance et son sentiment de culpabilité.

# 9

Joshua, enlaçant étroitement Rebecca, était aux prises avec une myriade de sentiments. Il était en colère contre son ex qui avait voulu faire une potiche de cette femme remarquable, fier de Rebecca qui avait su conserver sa dignité, triste de savoir que sa vie de couple avait été un champ de bataille et non un partenariat. Il avait de la tendresse pour la femme courageuse qui pleurait dans ses bras et dont il devinait qu'elle versait des larmes pour la première fois.

Et parmi toutes ses émotions, il y avait le désir. C'était déplacé dans ces circonstances, mais elle était si proche ! Il sentait sous l'épaisseur des vêtements ses seins pressés contre lui, son souffle sur son cou, ses mains fines sur ses épaules. Il la voulait. Pas dans un futur indéfini, non. Tout de suite.

— Vous ne cherchiez pas la même chose, dit-il après un temps. Ce n'est pas un crime. Vous n'avez pas réussi à être honnêtes entre vous ni avec vous-mêmes, et c'est triste, mais il n'y a rien de plus banal. Tu t'es raccrochée trop longtemps à un mariage à la dérive parce que tu n'es pas une lâcheuse. Rien de tout cela ne fait de toi une « personne horrible », Rebecca. Tu es humaine, c'est tout.

Elle renversa vers lui son visage sillonné de larmes.

— En t'écoutant parler de tes traditions familiales, je me suis demandé ce que j'avais raté et si Ivan avait raison de dire que mon ambition avait tout détruit. Je n'ai pas de traditions familiales, presque pas de photos où je ne sois pas en train de danser. Est-ce que je suis passée à côté de tout en plaçant ma carrière avant la famille ?

— Est-ce qu'Ivan a envisagé de revenir sur ses engagements professionnels ? Je me doutais que non, dit-il en la voyant secouer la tête. Élever des enfants, ça se fait à deux dans tous les cas !

— Je suppose.

— Moi, je le sais par expérience. Et tu *as* des traditions familiales. Je t'ai entendue parler de la vie de la compagnie, des répétitions, du dîner qui suit la générale, de la fête des enfants et des échanges de cadeaux la veille de Noël. J'ai vu les cartes, les fleurs et les présents que t'ont envoyés des amis et collègues... Tu t'es bâti une famille, Rebecca. C'est un sacré accomplissement à mon avis. Il est sain d'examiner ta vie de couple pour voir ce qui n'a pas marché et d'en tirer un enseignement, mais tu n'as pas à te faire de reproches.

— Ivan m'en fait.

— Parce que son projet a échoué ! Mais même si tu ne lui as pas parlé, tu as clairement *montré* ce que tu voulais. Il a choisi de ne pas comprendre. C'est sur lui que ça retombe.

— Tu ne me trouves pas égoïste, dévorée d'ambition, obsédée par le travail ?

— Il me semble qu'il faut un peu ces traits de caractère pour réussir comme danseuse et directrice de ballet. C'est le cas de tous les gens qui ont du succès. Marco possède ce tempérament. L'important, ce sont les éléments qui le tempèrent. Toi, tu le compenses par ta bonté, ta générosité, ton humour, ta ténacité, ta gentillesse. C'est ce qui fait ta réussite et ta force, et il n'y a rien de mal à ça.

Pendant un long moment, Rebecca resta silencieuse, l'air un peu grave sous le ciel éclairé par la lune.

— Merci, Joshua, murmura-t-elle enfin. Merci de m'avoir prise en considération.

Elle se haussa sur la pointe des pieds et l'embrassa sur la joue, presque chastement.

Une onde de chaleur le parcourut.

— Tu es un homme bon, Joshua Pearson. Et très sexy, dit-elle, ponctuant chaque mot d'un baiser. Peut-on rentrer au chalet ? J'en ai assez d'avancer à petits pas.

Le sens de son propos était clair. Il ne voulait certes pas profiter de la fragilité émotionnelle de Rebecca, mais il n'y avait aucune faiblesse dans son attitude, son expression, sa voix. Elle était bien la femme forte et fière qu'il admirait.

— Nous pouvons faire ce que tu veux.

— Je veux rentrer. Avec toi.

Revenir sur leurs pas était le plus rapide.

— Alors, faisons demi-tour, dit-il d'une voix rauque.

Ils restèrent silencieux pendant le trajet d'une vingtaine de minutes, ne commentant ni la beauté des étoiles scintillant dans le ciel ni celle de la lune qui se reflétait sur la glace. Ils avançaient dans la neige en se tenant la main, et l'impatience de l'attente accélérait le battement du sang dans les veines de Joshua. Envolé le doute, la peur d'aller de l'avant ! Il avait la certitude qu'il était là où il devait être, avec la compagne qu'il lui fallait.

Ce fut aussi en silence, quand ils arrivèrent au chalet, qu'il déverrouilla la porte et fit entrer Rebecca. Ils ôtèrent gants et bonnets, bottes et manteaux, et pénétrèrent dans la pièce à vivre. Il alluma une lampe, gagna l'âtre déjà prêt à remplir son office. Elle resta près du canapé, en attente, tandis qu'il démarrait le feu.

— Tu veux du vin ? Une bière ? proposa-t-il.

Mais elle secoua la tête.

— Non, rien que toi. Si tu en as toujours envie ?

Quelle question était-ce là ?

— Bien sûr que oui.

En deux pas il l'eut rejointe et lui releva le menton pour contempler ses yeux noisette, l'ovale parfait de son visage, ses pommettes remarquables, sa bouche pleine qu'il brûlait d'embrasser.

— Il ne reste qu'une semaine d'ici à Noël, dit-elle d'une petite voix, ce qui le fit sourire jusqu'aux oreilles.

— C'est maintenant ou jamais, c'est ça ?

— Tu devrais m'embrasser. Non, attends. Je suis une femme moderne, je peux t'embrasser.

Le baiser fut doux et chaud, invitant, et il y répondit dans le même esprit, avec une douceur langoureuse.

Il n'éprouvait plus de doutes, ni de sentiment de culpabilité. Il était là où il voulait être. Sans hâte et sans interrompre la caresse, il fit reculer Rebecca jusqu'au grand canapé confortable et s'y assit tout en l'amenant sur ses genoux, enfonçant les doigts dans sa chevelure soyeuse, sensible au contact des doigts fins qui s'insinuaient sous son pull, tandis qu'il déposait des baisers au creux de sa gorge, lui arrachant un léger hoquet de plaisir, avant de revenir vers ses lèvres douces et enivrantes.

Il y avait longtemps qu'il n'avait fait l'amour sur un canapé – fait l'amour tout court –, mais son corps, ses mains, sa bouche n'avaient rien oublié. Parfois avec aisance, parfois avec des rires et des interruptions, ils se déshabillèrent et se retrouvèrent étendus ensemble, presque nus. Il n'y avait ni gêne ni maladresse, juste de la confiance, des mots doux murmurés et des sensations alors qu'elle déposait une cascade de baisers sur sa mâchoire et son cou, explorait son torse frémissant, alors qu'il la goûtait du creux d'une épaule au nombril avant de revenir vers ses seins menus d'un modelé parfait révélé par l'éclat du feu. Elle lâcha un soupir étranglé pendant qu'il effleurait du pouce une pointe rosée.

Grisé par leur contact peau contre peau, il se redressa sur un coude et contempla Rebecca dans sa nudité enfin complète, ses cheveux épars sur l'oreiller, son regard noyé de désir où il se sentait presque sombrer.

— Je n'ai aucune protection, dit-il d'une voix enrouée. Je...

— Je suis protégée, coupa-t-elle, le regardant avec franchise et confiance. Si tu as des doutes, on peut faire d'autres choses.

— Des choses ? la taquina-t-il, glissant doucement sur elle et voyant son regard s'obscurcir. Je suis curieux de savoir quoi, mais pour le moment, si tu es sûre de toi...

— Plus que sûre.

Se faisant violence, il s'écarta et se leva, sourit du léger cri de détresse qu'elle laissait échapper et lui tendit la main.

— Ce nouveau canapé est très confortable, mais il me semble que nous serions mieux sur mon lit, non ?

— Tu crois ?

— La qualité des ressorts est meilleure, soutint-il en tirant pour qu'elle se lève. J'ai cinquante ans, tu comprends, j'ai besoin de me ménager.

Elle l'enlaça, et il trouva sa bouche, lui octroya un baiser brûlant.

— Dans ce cas... Allons tester ce matelas.

Rebecca mit quelques minutes à comprendre ce qu'il y avait de changé.

Elle n'était pas dans sa luxueuse suite d'amis, mais dans la chambre de Joshua, repeinte dans le vert sauge qu'elle avait choisi, relevé par les notes bronze du linge de lit et des rideaux. Elle roula sur elle-même tout en s'enveloppant dans le drap, cligna des yeux sous le soleil d'hiver. Il n'était plus allongé près d'elle, mais un arôme alléchant de café frais lui vint aux narines, mélangé à l'odeur de viennoiseries au four, et elle s'avisa qu'elle avait une faim de loup.

En fait, ils avaient sauté le repas du soir.

Elle roula encore un peu plus loin, la tête enfouie dans les oreillers, ne sachant si elle devait être gênée par les souvenirs qui l'assaillaient ou se les remémorer un à un avec délice. Elle se repassa l'éclat des flammes dansantes sur leur peau nue, les murmures doux, les baisers affolants, les caresses délicieuses.

Comment pourrait-elle affronter Joshua ? C'était comme s'il savait tous ses secrets. Elle ne se rappelait pas avoir vécu ça auparavant. Cela n'avait jamais été aussi intense, aussi intime, aussi empreint de confiance.

En entendant un bruit de pas dans l'escalier, elle balaya les lieux du regard en quête de ses vêtements et se rappela qu'ils étaient abandonnés dans la pièce à vivre. Remontant le drap un peu plus haut, elle attendit avec nervosité que Joshua entre dans la chambre.

Il était douché, vêtu d'un pantalon de survêtement et d'un

T-shirt qui épousait le torse qu'elle avait cette nuit exploré avec tant d'intensité. Il apportait un plateau avec du café et une assiette de viennoiseries.

— Bonjour.

— Bonjour.

Il eut un sourire expressif, et elle rougit.

— Pas de regrets ?

— Non, dit-elle, aucun. Et toi ?

— Je regrette seulement notre attente absurde. Maintenant que je sais ce que nous avons manqué, je me demande ce qu'il nous a pris.

— Je ne sais pas, dit-elle, osant croiser son regard. L'attente peut faire partie de la récréation.

Joshua posa le plateau sur la table de chevet, s'assit près d'elle sur le lit et la prit par la main.

— La récréation était agréable.

« Récréation » ? « Était » ?

Oh ! bien sûr, ce n'était qu'une brève liaison. Le rapprochement de deux êtres esseulés qui avaient des plaies à cicatriser. Une période spéciale dont elle chérirait toujours la mémoire. Ce n'était pas leur vrai monde, ni pour elle ni pour lui. Cependant, cela ne signifiait pas qu'elle voulait s'en tenir à un seul épisode.

— « Était » ? dit-elle.

— Eh bien, il est à espérer que la récréation se poursuive, dit-il, le regard brillant d'espièglerie – et de désir. Je ne voulais pas oser croire que tu aurais envie de remettre ça.

Elle l'agrippa par son T-shirt pour l'attirer à elle.

— Osez donc, monsieur Pearson ! Osez !

— Si ma dame insiste...

Si la nuit avait été longue et langoureuse, une exploration passionnée des préférences et des points sensibles de chacun, ce moment fut la mise en œuvre de toutes ces découvertes. Le baiser de Joshua fut un baiser de feu qui électrisa ses sens, alors que ses doigts assurés et habiles glissaient sur son corps, enveloppaient un sein, en excitaient la pointe, tandis qu'elle se contorsionnait contre lui.

— Tu es douce comme du velours, murmura-t-il, lui caressant la face interne des cuisses.

Elle entendit se précipiter son propre souffle tandis qu'il la titillait, la bécotait. Elle l'agrippa par les épaules et le serra contre elle, jambes relevées, enveloppantes.

— Tu as le goût du miel, du bon vin, de toutes les choses délectables, dit-il encore. J'ai envie de t'embrasser partout.

Il s'écarta à demi et la regarda, le regard étincelant d'un mélange de désir et d'intimité taquine.

— Que dis-tu de ça ? Tu aimes ?

Il déposa un baiser sur un sein, et elle gémit. Il reporta son attention sur l'autre sein, et elle s'agita plus encore, bouleversée par sa friction érotique.

— Oh oui, haleta-t-elle sans plus d'inhibition. Mais... Je peux te rendre la faveur. Tu vas me supplier, ajouta-t-elle hardiment.

Il eut un rire bas et grave.

— Nous verrons bien qui supplie qui, dit-il en prenant sa bouche.

Et toute pensée la déserta pour un long, très long laps de temps.

Douchée, vêtue d'un sweat de Joshua et d'un vieux legging de Chiara, cheveux lavés et noués sur la nuque, Rebecca, sur le canapé, mangeait une viennoiserie à présent refroidie et buvait du café réchauffé. Elle se sentait à la fois courbatue et intensément vivante, une sensation similaire à ce qu'elle éprouvait à la fin d'une représentation.

Elle fit défiler l'écran de son mobile, lisant ses courriels, pianotant une réponse lorsqu'elle pouvait être brève, en essayant de rassembler son énergie pour retourner au chalet d'Anita. Son assistante lui avait adressé un projet de planning pour le nouvel an, et elle s'efforçait d'en prendre connaissance sur le trop petit écran.

— Tu as l'air à mille lieues d'ici, commenta Joshua, installé à la table devant son écran d'ordinateur.

Elle leva les yeux et lui sourit.

— Je finalise le planning. C'est une sorte de puzzle compliqué qui implique des tas de gens, de lieux et de budgets différents.

— Comment ça ? fit-il, l'air intéressé – une des choses qu'elle appréciait le plus chez lui.

— Eh bien, il y a la salle de spectacle elle-même, que nous partageons avec l'opéra et parfois des compagnies invitées, surtout en été. Je dois mettre en place un programme qui satisfasse les aficionados, les gens en quête d'expériences nouvelles et les touristes. Mais il faut aussi qu'il signe notre statut, et donc qu'il comprenne un mélange de classiques et de chorégraphies contemporaines, ainsi que des créations nouvelles. Et je programme certains éléments plusieurs saisons à l'avance. Il y a des tas de choses à prendre en compte. Par exemple, quels sont les danseurs de ma compagnie qui ont des engagements ? Ai-je assez d'artistes invités ? Y aura-t-il une tournée, et où ? Est-ce que ça tient la route commercialement ?

— Tu enseignes, tu diriges, tu gères les finances et le marketing, tout ça en même temps ? Impressionnant.

— Eh bien…, fit-elle, toute réchauffée par son admiration, il y a des gens qui y travaillent avec moi, et nous parvenons à un consensus. Mais la décision finale m'appartient.

— Et tu adores ça, dit Joshua.

Elle hocha la tête.

— Je croyais que rien ne pourrait remplacer la danse, mais oui, j'aime ça. J'en tire le même enthousiasme, la même poussée d'adrénaline que lorsque j'étais en scène. C'est différent mais tout aussi gratifiant.

— Quand tu en parles, ton visage s'éclaire comme ceux des gamins qui avaient vu le Père Noël l'autre soir. C'est une des choses que j'aime le plus chez toi.

— Vraiment ?

Ne disait-il pas ça pour la forme, pour la rassurer après la vulnérabilité qu'elle avait manifestée la veille ?

Comme s'il devinait ses pensées, Joshua hocha la tête.

— Oui, vraiment. Tant d'engagement et de passion ! C'est une qualité très rare. Sois-en fière !

Elle en resta sans voix.

Après avoir scruté encore un moment les chiffres minuscules sur l'écran, elle dut admettre qu'il lui fallait son ordinateur.

Elle mit son mobile de côté et s'approcha de Joshua.

— Je t'ai vu pianoter furieusement sur le clavier. Ce n'est pas le genre d'activité d'un homme condamné au parcours de golf. Qu'est-ce que tu fabriques ? C'est intéressant ?

— Je l'espère.

Elle se glissa sur le siège proche de lui.

— S'agirait-il des projets mystérieux auxquels tu as fait allusion ? Tu as envie d'en discuter ?

Joshua passa la main dans sa chevelure déjà en désordre.

— Eh bien, le Grand York est spécialisé dans les hôtels-boutiques citadins. Ils sont accueillants, familiaux mais luxueux, occupant des bâtiments anciens, autant que possible, pour apporter du caractère, et ils sont toujours en centre-ville.

— Et ?

— L'auberge que tu connais en ville est en vente.

— Ah.

— Elle fait partie d'une petite chaîne de Nouvelle-Angleterre qui a sept implantations en tout. Je veux la racheter et créer un label « Grand York Inn ». Quelque chose de plus petit, plus tourné vers les « séjours sur mesure » que les hôtels Grand York, tout en préservant le côté luxueux et l'expérience familiale qui fait notre réputation.

— Tu t'écarterais notablement de ce que tu fais déjà, alors. Avec des auberges, cela se passe à une autre échelle et dans une autre atmosphère. C'est aussi plutôt rural.

— Tout à fait ! Tout change : le genre d'équipe, le décor, les activités… J'anticipe que mon conseil d'administration suggérera qu'on s'en tienne à ce qu'on connaît. En fait, même s'ils ne me soutiennent pas, je pourrais aller de l'avant, après tout, je suis le boss. Je pourrais même me lancer seul. Mais je préférerais que ça reste dans le cadre des affaires familiales, avec l'adhésion de Marco. Ce serait un nouveau projet auquel me consacrer et qui me permettrait de passer plus de temps ici, ce qui serait un plus. J'ai toujours vécu en ville. J'ai envie de grand air.

— Tu vivrais ici… Combien ? Six mois de l'année, alors ?

— Je n'en sais rien. Mais beaucoup plus qu'avant. Cette pause dans le Vermont m'a rajeuni. J'avais oublié comment c'était la nature tout autour, les sentiers de randonnée et les pistes de ski à deux pas de chez soi. New York est mon foyer, et je l'aime. Mais je l'aime encore plus après en avoir été séparé. C'est ce que je veux, avec les auberges : du recul.

Elle acquiesça, pensive.

Elle aussi avait aimé cette pause au vert, elle comprenait tout à fait ce qu'il ressentait. Mais sa vie à elle était dans le fracas et l'animation de New York. Sa vie et surtout son travail, même si l'un et l'autre tendaient à se confondre.

Sur ce plan, Joshua la comprenait, il appréciait et respectait sa façon de voir, ce qui l'avait beaucoup aidée à guérir ses « bleus à l'âme ». Mais il projetait une nouvelle vie qui l'éloignerait de la ville. Leur relation n'était donc pas un début mais une parenthèse hors du temps. Quelque chose de rare, quelque chose à chérir, mais il commençait à peine à aller de l'avant sans sa femme, et elle commençait à peine à se remettre de l'échec de son mariage. Ils n'étaient pas en état d'aller plus loin.

C'était une bonne chose de pouvoir se faire des idées claires à ce sujet.

— J'espère avoir l'occasion de séjourner dans une de tes auberges.

— Tu auras la meilleure suite au meilleur prix.

— Joshua…

Elle eut une hésitation, ne sachant pas très bien comment formuler ce qu'elle avait à dire.

— Merci pour tout. Merci pour ta compagnie, ton écoute, les leçons de ski, les excursions… J'ai le sentiment de m'être fait… un ami. Et pour la vie, j'espère. J'espère que nous continuerons à nous voir. J'adorerais que tu sois mon invité à la compagnie de ballet, qu'on prenne un café à l'occasion.

Il se tourna vers elle, l'expression indéchiffrable.

— Volontiers, dit-il après un silence. Amis, c'est bien.

— Mais, continua-t-elle, ne voulant surtout pas avoir l'air de regretter la nuit écoulée, nous avons encore quelques jours avant l'arrivée d'Anita et Trudie et de tes enfants, alors, sans vouloir gâcher notre amitié, je me disais qu'on pourrait quand même...

Elle lui sourit, volontairement suggestive.

— Oui ? fit-il, taquin.

— Devine.

— Si c'est à une relation amis-amants que tu penses, je suis d'accord. Et si ce n'est pas ça, puis-je te demander d'y réfléchir ? Parce que j'ai vraiment, vraiment, apprécié la nuit que nous avons passée, et ce matin aussi. On s'entend bien, non ? Ce serait dommage de s'arrêter en si bon chemin.

Elle eut envie de se serrer contre lui et de l'embrasser comme une perdue, mais au lieu de cela, elle lui tendit la main.

— D'accord pour la clause amis-amants tant qu'on est encore ici. C'est une proposition qui plaît des deux côtés, me semble-t-il.

— Femme d'affaires toujours, plaisanta Joshua en lui prenant la main et se penchant pour la baiser. D'autres clauses à ajouter ?

Incapable de résister, elle se pressa contre lui.

— Oh ! j'aurai sûrement une idée.

# 10

— Rebecca ?

Joshua entra dans le chalet de ses voisines et regarda autour de lui.

Les décorateurs saisonniers auxquels Anita recourait étaient venus, et le chalet bénéficiait d'un décor de bon goût aux tons crème, argent et rouge écarlate, du sapin imposant aux lumières et décorations. Les housses de coussins, les plaids et le tapis arboraient des motifs de Noël de style scandinave, et la table était déjà mise. La veille, on avait livré assez de champagne, de vin aux épices et de punch pour enivrer toute la ville, et le réfrigérateur débordait de saumon fumé et autres accompagnements.

Chez lui, ce n'était pas très différent. Si Anita et Trudie s'étaient approvisionnées chez un traiteur huppé de New York, lui-même était satisfait des produits locaux qu'il avait dénichés. Il les avait goûtés en vue de son projet d'hôtels autant que pour le repas de Noël. Dans son enthousiasme, il avait pris trop de victuailles, et ajouté encore d'autres décorations dans la boîte pourtant déjà pleine.

Dans quelques heures, ses enfants seraient là et sa famille réunie au complet. Gabriella leur manquerait toujours, mais au cours des semaines écoulées, il avait enfin commencé à envisager non pas de continuer tant bien que mal sans elle, mais de *vivre* sans elle. Il avait accompli un grand pas.

Apparemment, il n'était pas le seul. Marco et Chiara lui avaient tous deux envoyé des messages, le prévenant qu'ils seraient accompagnés. Il ignorait s'ils amenaient des amis ou des partenaires amoureux, et combien de personnes seraient là, mais en cas de besoin, il y avait une chambre d'amis et des lits de camp au grenier. Ils se débrouilleraient. C'était Noël, ce serait bon d'avoir du monde au chalet pour célébrer les fêtes. Il était donc heureux qu'il ait acheté des chaussettes de Noël et des cadeaux supplémentaires.

— Rebecca ? lança-t-il encore.

Il l'entendit descendre l'escalier d'un pas léger et, quelques secondes plus tard, elle traversait la pièce pour lui donner un baiser sur la joue. À sa surprise, elle était en pantalon de yoga, comme prête pour un cours de danse.

Pour autant qu'il sache, Anita devait arriver avant Trudie pour l'emmener déjeuner et parler boulot. Quand elles reviendraient, ses enfants seraient là. Leur relation à deux était sur le point de prendre fin. Et c'était pourquoi, au lieu de rester chez lui la veille, Rebecca avait tenu à revenir dormir ici, et pourquoi il ne l'en avait pas dissuadée.

Il se savait prêt à sortir de nouveau avec une femme. Et qui sait ? Peut-être même à aimer. Mais ses enfants l'ignoraient, et il ne savait pas comment ils réagiraient. Il ne voulait gâcher leur Noël d'aucune façon. D'ailleurs, Rebecca et lui ne sortaient pas vraiment ensemble. Elle avait sa vie, il avait la sienne, et ils n'allaient pas compliquer leur amitié avec des attentes qu'ils n'auraient pu satisfaire. Elle le lui avait signifié avec clarté, et son choix était sage.

Elle allait lui manquer, cependant. Un café à l'occasion, ce serait maigre après ces semaines d'échanges intenses. Même s'ils se connaissaient depuis peu, elle était devenue très importante pour lui.

— Salut, dit-elle en lui pressant la main. Je ne t'attendais pas.

— J'ai sonné. Comme tu n'as pas répondu, j'ai essayé la poignée. Tu m'en veux ?

— Bien sûr que non. J'étais sous la douche, dit-elle avec un pâle sourire.

— Je voulais savoir si tu avais du lait ? Je le remplacerai dans la journée. Marco doit arriver dans une heure, et je viens de renverser celui que j'avais.

Rebecca lui désigna le réfrigérateur.

— Sers-toi tant que tu voudras et ne te soucie pas de le remplacer. Tu peux prendre toutes les denrées périssables qui te seront utiles. Trudie et Anita ne viennent pas.

— Hein ? Mais pourquoi ? dit-il, la voyant déçue même si elle tentait de le cacher. Je croyais qu'elles avaient hâte d'être là ! Elles ont lancé des invitations dans tout le voisinage...

— Grippe carabinée, dit Rebecca, laconique. Elles sont alitées et se lamentent sur leur sort. Elles sont hors d'état de voyager, et moins encore de recevoir ou de boire et manger toute cette nourriture très riche.

— Oh ! non ! Les pauvres !

— Oui. Je voudrais pouvoir faire quelque chose.

— Et pauvre de toi !

Rebecca n'aurait droit ni à son « repas-boulot » ni à son dîner avec ses amies, pas plus qu'à un très chic réveillon de Noël et aux célébrations du nouvel an.

— Tu avais hâte de les revoir, je le sais, reprit-il.

— Je suis un peu écœurée, mais j'ai eu droit à mes vacances. Pour elles, c'est pire. Elles ont bossé si dur. Je crois qu'elles sont plutôt malheureuses, les pauvres chéries.

— Que vas-tu faire ?

— Un feu de bois, un bon livre, un peu de saumon, et tout ira bien. Mon environnement est nettement plus festif que d'habitude, dit Rebecca en regardant autour d'elle. Même si c'est un peu *too much* à mon goût.

— Tu sais quoi ? Passe Noël avec nous, lâcha-t-il.

Il sut aussitôt qu'il avait bien réagi. Ce n'était pas comme s'ils n'allaient plus jamais se revoir après les fêtes. Elle avait souhaité qu'ils restent amis, et il espérait qu'elle le pensait vraiment. Et puis, c'était Rebecca qui l'avait aidé à aller de l'avant ces dernières semaines. Il lui semblait juste qu'elle fête Noël avec lui, qu'elle soit témoin des traditions dont il lui avait parlé, qu'elle rencontre ses enfants. Il était sûr que Marco et Chiara l'aimeraient, et qu'elle les aimerait aussi.

D'ailleurs, les enfants amenaient de la compagnie, alors pourquoi pas lui ?

— J'adorerais que tu connaisses Marco et Chiara, tu seras la bienvenue, ajouta-t-il.

— C'est adorable de ta part, mais je ne veux pas m'imposer.

— Tu ne t'imposeras pas, voyons ! J'ai déjà au moins deux invités inattendus, alors une de plus, ça ne posera aucun problème. En plus, tu peux fournir une bonne partie de la nourriture.

— Mmh... Il serait surprenant que j'arrive à bout de tout ce saumon à moi seule, en effet.

— Donc, tu viendras ? Super !

— Tu es sûr que ça ira ?

— Sûr et certain. Marco arrive pour le repas de midi, et Chiara dans la soirée. Si tu revenais avec moi au chalet ?

— Dans cette tenue ? Et puis, tu as besoin de passer un peu de temps en famille sans avoir à te soucier d'invités de dernière minute. Si je vous rejoignais au dîner, plutôt ?

— Que vas-tu faire toute la journée ? Travailler ?

— Je... Oui, probablement.

— C'est censé être un jour où les gens s'amusent.

— En commençant par un « déjeuner-boulot », rappela Rebecca, ce qui le fit rire.

— Avec ta meilleure amie, qui est aussi ton agent et ta publiciste.

— Plus tellement. Il y a beaucoup moins de séances de photos pour une femme de quarante-huit ans, beaucoup moins d'avant-premières et de soirées spéciales pour une directrice artistique que lorsque j'étais danseuse étoile. Mais sans Anita, je n'aurais jamais pu gérer les retombées du divorce.

— Habille-toi et viens déjeuner avec nous, insista-t-il. Nous ne choisirons et ne décorerons pas le sapin avant demain. Pour cet après-midi, j'avais envisagé une balade, et sortir ensuite nos bons vieux jeux de société. Toi qui aimes la compétition...

— Mais enfin, Joshua, tu étais si impatient de retrouver tes enfants ! Tu n'as pas à te soucier de me distraire, ça ira très bien, je t'assure.

— Ils amènent des invités. Ne me fais pas passer pour un célibataire triste et esseulé devant eux !

— Bon… Si c'est comme ça, c'est moi qui te rends service.

— Toujours, dit-il avec douceur en se penchant pour lui donner un baiser. Toujours.

Il était probablement déraisonnable de prolonger leur relation sexuelle, et il ne voulait pas que ses enfants sachent qu'ils étaient plus qu'amis car cela leur aurait infligé un choc. Rebecca avait signifié qu'ils n'avaient qu'une liaison à court terme, ce qui était sensé. Alors, pourquoi les bouleverser ? Mais il lui était si naturel de caresser et d'embrasser Rebecca ! Il allait avoir plus de mal qu'il ne l'avait cru à lui dire au revoir au terme de la période des fêtes. Si elle passait un peu de temps avec lui et avec ses enfants, cela leur permettrait peut-être de redéfinir leur relation et de se séparer plus facilement le moment venu.

— Ce sera un Noël génial, lui dit-il.

Rebecca était habituée à relever des défis, mais elle dut faire appel à tout son courage pour se rendre chez Joshua, une heure plus tard. Elle avait séché ses cheveux, réunis en chignon flou, revêtu un jean en velours bronze et un pull flottant couleur or, s'était peu maquillée. Elle voulait paraître posée et professionnelle, le genre de femmes qu'Anita et Trudie avaient pour amie, et non celle qui avait couché pendant toute une semaine avec le père des deux inconnus qu'elle s'apprêtait à rencontrer.

Au détour du virage, elle vit un 4x4 noir d'allure onéreuse garé près de la voiture de Joshua.

Elle prit une profonde inspiration.

Un de ses enfants, Marco sans doute, était déjà arrivé.

Des enfants ! Des adultes, en réalité. Des adultes qui avaient adoré leur mère. Qui étaient sans doute protecteurs envers leur père. Qu'allaient-ils penser d'elle ? Devineraient-ils qu'elle et Joshua étaient plus qu'amis ? Désapprouveraient-ils la situation ?

Puis elle refoula ses interrogations : elle allait bientôt revenir à sa vraie vie. S'ils se méfiaient d'elle ou la trouvaient antipathique, quelle importance cela pouvait-il avoir ? De toute façon, elle ne les reverrait plus.

Elle frappa à la porte, presque aussitôt ouverte par un Joshua rayonnant.

— Entre, entre donc, que je te présente Marco et Eleanora !

Il l'entraîna à l'intérieur, lui laissant toute juste le temps de mettre les bottines souples qu'elle avait apportées et d'enlever son écharpe et son manteau.

Un grand jeune homme qui avait un air de famille marqué avec Joshua était assis sur un des nouveaux canapés, tenant la main d'une jolie jeune femme aux superbes boucles auburn.

— Marco, Eleanora, je vous présente Rebecca, qui habite chez Anita depuis quelques semaines. Rebecca, voici mon fils et sa fiancée.

« Sa fiancée » ? Joshua lui avait dit que Marco était célibataire, elle en était sûre.

Elle lui adressa un regard interrogateur, et il hocha la tête.

— C'est tout nouveau. Je ne savais même pas qu'ils sortaient ensemble. Mais rien ne pourrait me rendre plus heureux. Eleanora est l'une de mes directrices les plus talentueuses, elle a inauguré notre hôtel de Rome. Mais surtout, je l'aime déjà comme ma fille. Je suis ravi.

— C'est merveilleux ! s'exclama Rebecca de bon cœur. Félicitations à tous les deux.

— Et en plus, ajouta Joshua dont le sourire s'élargit encore plus si c'était possible, je vais être grand-père !

— Oh ! mais c'est vraiment charmant ! Je suis si heureuse pour vous tous !

Ces nouvelles favorisaient les échanges, car les noces et la venue du bébé offraient des sujets de conversation faciles, tout comme la rénovation du chalet.

— Papa a dit que vous avez effectué une grande partie du travail et toute la déco, dit Marco.

Rebecca voyait, à ses yeux bruns si semblables à ceux de Joshua, qu'il la jaugeait avec perspicacité. Il avait de toute évidence la tête sur les épaules.

Elle rougit.

— J'espère que ça ne vous dérange pas...

— Pas du tout ! Pendant le voyage, je me suis excusé par avance de l'état de ma chambre auprès d'Eleanora, et j'ai envisagé de réserver à l'auberge. Et puis, papa nous a montré ce que vous avez fait. Vous avez accompli des miracles ! Merci.

Joshua avait préparé un buffet léger en guise de repas, et tandis qu'ils déjeunaient, le père et le fils et Eleanora discutèrent de la marche des hôtels pendant les fêtes, des projets pour le nouvel an. Puis Joshua interrogea son fils et sa fiancée sur l'hôtel de Rome et leur prochaine implantation en Europe.

Rebecca avait peu à dire dans cette conversation animée, mais il était intéressant de voir Joshua sous ce nouveau jour : concentré, incisif, fin connaisseur des données factuelles et financières. Contrairement à ce qu'il prétendait, il n'avait rien d'un patriarche vieillissant, et Marco et Eleanora étaient visiblement contents de son approbation.

Marco, qui débarrassait les assiettes sales pour les poser sur le plan de travail, lança :

— Eleanora est de mon avis, papa. *Piège de cristal* est un film de Noël. Et, par pitié, pas de comédies romantiques sirupeuses pour le réveillon du nouvel an. Je vote pour *Noël chez les Muppets*...

— Pas la peine de voter, *Noël chez les Muppets* est presque un classique, dit fermement Joshua.

— Et après, *Piège de Cristal* et *La vie est belle*.

— Il faut une comédie romantique ! objecta Eleanora.

— Tu crois ? fit Marco, levant les yeux au ciel.

— Absolument. Et c'est de la triche de ta part d'influencer ton père avant l'arrivée de Chiara. Noël n'est pas vraiment Noël sans un film romantique. Pas vrai, Rebecca ?

— Je travaille ce jour-là, en général, alors je n'ai pas d'avis tranché, reconnut Rebecca. Mais si je devais regarder quelque chose dans l'esprit de Noël, ce serait une représentation de *Casse-Noisette*.

— Cela ne vous ennuie jamais ? demanda avec curiosité Eleanora.

— Mais non. J'adore voir les diverses interprétations de l'histoire par les différents chorégraphes. Et dès que j'entends l'ouverture, pour moi, Noël est là. C'est sans doute parce que je l'ai dansé à chaque fête de Noël depuis l'enfance, dans des petits rôles d'abord – une souris, un invité de la fête, un flocon de neige... et enfin Clara, puis la fée Dragée.

— Et vous travaillez toujours le soir du réveillon ?

— Toujours. Et le jour de Noël aussi.

— Mais que faites-vous quand vous voyez votre famille pour les fêtes ?

— Je n'en ai jamais le temps. C'est inhérent à mon travail.

— J'imagine, lâcha Eleanora, guère convaincue.

La conversation reprit sur le mariage à venir, et Rebecca termina sa tasse de café, pensive.

Au fond, elle avait peu de choses en commun avec ces personnes tournées vers leur vie familiale, avec des choix de vie si différents du sien.

Une fois la table débarrassée, ils partirent en promenade, patins en main pour ceux qui avaient envie de se donner de l'exercice, et la conversation roula sur les souvenirs et les projets d'avenir. Elle commença à se sentir de plus en plus à l'écart, même si Joshua tentait de son mieux de l'impliquer. Elle fut soulagée de pouvoir s'élancer sur la glace, de se donner du mouvement – c'était ainsi qu'elle avait toujours géré ses émotions.

Il faisait sombre quand ils revinrent dans le chalet, où Joshua alluma le feu et tira les rideaux, transformant la vaste pièce à vivre en refuge chaleureux. Rebecca, dont l'offre d'aider à la préparation du dîner avait été gentiment mais fermement refusée, resta assise avec Eleanora, et regarda opérer Joshua et son fils, rieurs et blagueurs, qui rivalisaient pour émincer les légumes et se vanter des trucs et astuces acquis auprès des chefs de cuisine de leurs hôtels.

— Joshua est un père merveilleux, dit Eleanora. Je suis sûre que Marco le sera aussi.

— Vous les connaissez depuis longtemps ?

— Depuis toujours. Joshua et Gabriella étaient de très jeunes parents, si amusants, ils étaient nos idoles. Quand Gabriella est morte, c'était bouleversant. Je ne pouvais rien, sinon être là et écouter Marco, l'aider à surmonter son chagrin. Ils s'en sont sortis ensemble, c'est réellement une famille très soudée. J'ai tant de chance de faire partie de la suite de l'histoire, de réunir mes traditions à celles de Marco et de pouvoir offrir un vrai Noël à notre bébé l'an prochain.

Rebecca hocha la tête.

Qu'aurait-elle pu faire d'autre ? Son idylle avec Joshua était un épisode hors du temps, même si c'était un chamboulement d'être rappelée au fait qu'elle ne relevait pas de la vie réelle. L'an prochain à cette époque, il dirigerait ses auberges et accueillerait son petit-fils ou sa petite-fille au chalet pour Noël, tandis qu'elle serait à New York à la tête du ballet, sa vraie place.

Joshua dressa l'oreille à un bruit de moteur, le regard heureux.

— Serait-ce Chiara ?

Rebecca resta en retrait, ne se sentant pas du tout à sa place tandis que toute la famille, Eleanora comprise, se précipitait à la rencontre de la voiture.

Ils revinrent vite, amenant une jeune femme blonde rayonnante, dotée du sourire de Gabriella, qui tenait par la main un beau jeune homme avec des vêtements luxueux.

— Toi et Eleanora ? disait-elle alors qu'ils entraient en trombe. Je ne me doutais de rien, mais ça tombe sous le sens ! Je suis si heureuse pour vous deux ! J'ai hâte d'être tata, et je serai une tata gâteau, je vous préviens ! Allons bon, j'oublie mes bonnes manières. J'étais si contente que j'ai oublié de vous présenter Evan. Papa, Marco, Eleanora, je vous présente Evan Kim. Evan, voici la famille. Il m'a tirée d'un sacré mauvais pas, je te raconterai plus tard, papa. En tout cas, sans lui, je ne serais pas ici. Je sais que tu m'aurais aidée, mais je ne voulais pas te solliciter une deuxième fois.

— Enchanté de vous connaître, Evan, dit Joshua, tendant la main au nouveau venu. Merci d'avoir pris soin de ma fille.

— Oh ! c'est plutôt elle qui prend soin de moi, répondit Evan.

Il posait sur Chiara un regard si tendre que Rebecca, à sa surprise, en eut les larmes aux yeux.

— Evan fait déjà partie de ma famille, alors c'est bien qu'il soit avec nous. Je suis tout excitée de lui montrer un vrai Noël chez les Pearson, continua Chiara en enlaçant son compagnon. Il m'a demandé de l'épouser, et j'ai dit oui. Je sais que ça peut paraître précipité, qu'on se connaît depuis peu, mais j'ai le sentiment que c'est bien, papa.

— Oh ! ma petite chérie, on sent ces choses-là, dit Joshua. Il ne me viendrait pas à l'idée de prétendre qu'il y a un bon moment ou une bonne façon de tomber amoureux. C'est ce qu'on fait de l'amour qu'on éprouve, la manière dont on le nourrit, qui compte. Félicitations à tous les deux. Je suis très content pour vous tous. Cela mériterait d'être fêté au champagne, et pas avec l'eau pétillante que nous avons ici.

— J'ai une excellente limonade au sureau au chalet, je vais la chercher, dit Rebecca.

Elle était déjà debout, enfilant son manteau avant que quiconque puisse réagir, et elle sortit dans l'air frais de la nuit avec soulagement, contente d'avoir un peu d'espace, de silence, de temps pour rassembler ses idées.

Les derniers mots de Joshua résonnaient dans son esprit.

« C'est ce qu'on fait de l'amour qu'on éprouve, la manière dont on le nourrit, qui compte. »

Elle ne savait pas si elle avait réellement aimé Ivan un jour, mais elle était certaine qu'elle n'avait pas nourri leur relation, et qu'il ne l'avait pas nourrie non plus. Elle n'avait jamais été aussi sûre que Marco et Eleanora, Chiara et Evan, d'être avec la bonne personne. Certes, les deux couples étaient au début de leur voyage à deux, ils rayonnaient car pour eux le monde était riche de possibilités, mais Joshua aussi croyait en l'amour, et il avait vécu en couple pendant vingt ans. Une vie de couple merveilleuse, qui n'avait pas été toujours facile de son propre aveu, mais Gabriella et lui avaient nourri leur relation, à tel point qu'il avait mis dix ans à en faire le deuil.

Pour sa part, était-elle capable d'aimer ainsi ? Peut-être avait-elle toujours considéré que les relations amoureuses la détournaient de son véritable but, que ses partenaires n'étaient pas un soutien mais un obstacle, qu'ils exigeaient du temps et de l'attention qu'elle n'était pas prête à leur consacrer.

Serait-elle en train de refuser d'aller plus loin avec Joshua pour ne pas avoir le sentiment de devoir choisir entre lui et le travail ?

Elle avait, à sa grande surprise, les yeux pleins de larmes.

Elle les refoula tandis qu'elle prenait la limonade au sureau.

Elle était fatiguée, voilà tout. Déçue par le changement imprévu de ses projets, consciente que son idylle hivernale touchait à sa fin. Rien de plus.

Elle aimait bien les relations faciles et affectueuses des Pearson, la fierté avec laquelle Joshua regardait ses enfants, l'affection et le respect que ceux-ci lui rendaient en retour. Elle aimait la manière dont ils se taquinaient, comme seuls peuvent le faire des proches sûrs de leur affection mutuelle.

Elle avait envie d'être intégrée au lieu de n'être qu'une observatrice. Ces dernières semaines, c'était elle que Joshua avait taquinée, traitée avec affection, à elle qu'il avait accordé son attention. Elle n'était pas jalouse, non, elle était contente de le voir si heureux, mais...

En fait, elle n'était pas prête à voir leur relation finir.

Quand elle rapporta au chalet la limonade de sureau, les présentations furent faites comme il convenait entre elle et Chiara et Evan. Comme son frère, Chiara la complimenta sur les travaux effectués dans le chalet. Comme lui, elle était visiblement curieuse au sujet de son long séjour dans le chalet voisin et s'interrogeait sur son amitié avec son père.

L'atmosphère était festive et affectueuse. Les airs favoris de la famille résonnaient, Chiara dansait tout en mettant la table avec Evan, Eleanora donnait un coup de main à la cuisine. Mais, une fois encore l'offre d'aide de Rebecca avait été refusée d'un geste léger. Les choses étaient claires : elle était une invitée. Ils étaient en famille. Le chalet qu'elle avait contribué à rénover n'était plus l'espace privé qu'elle partageait avec Joshua, mais le foyer de la famille Pearson. Et c'était naturel.

— Alors, Marco, ce mariage aura lieu quand ? demanda Chiara.

— On veut une cérémonie discrète, dit Eleanora en se caressant le ventre.

— Et sans trop attendre. Pour la Saint-Valentin, peut-être ? suggéra Marco, interrogeant du regard sa future femme.

— Quel romantisme ! s'exclama Chiara, souriant à son frère. Qui aurait cru ça de toi ?

— Ce n'est pas le mariage qui compte, c'est l'intention, glissa Joshua. Avec votre mère, nous nous sommes mariés à la mairie un jeudi après-midi…

— « Nous étions très jeunes », enchaîna Marco d'un ton dramatique.

— « L'argent manquait », continua Chiara sur le même ton.

— « Mais nous étions ensemble. »

— « Et on s'aimait. »

— En voilà assez, vous deux !

Mais Joshua riait.

À cet instant, Rebecca comprit. Si elle ne se sentait pas dans son assiette, ce n'était pas parce que ses projets pour Noël étaient anéantis, ni parce qu'elle était mal à l'aise à l'idée de s'imposer malgré elle dans leur Noël familial. Elle était perturbée parce que tout avait changé : Joshua n'était pas qu'un ami ou un amant apprécié. Elle était éprise de lui.

Quand cela s'était-il produit ? Elle l'ignorait, mais c'était une évidence criante. Elle l'aimait, c'était pour cela qu'elle lui avait livré ses craintes et ses regrets, pour cela que leur entente sexuelle avait été si intime.

Elle ne devrait pas en être aussi surprise. Il était bon, sagace, drôle, intelligent, et il la voyait telle qu'elle était.

Il profitait aussi de son premier Noël familial depuis des années. Elle ne pouvait pas s'attarder plus longtemps là où elle n'avait pas sa place. Et si quelqu'un devinait la vérité ? Si elle livrait involontairement ses sentiments ? Joshua avait été content de leur décision de rester amis, il envisageait seulement la possibilité d'une relation avec une autre femme que son épouse décédée. Elle n'avait rien à faire près de lui, en quémandeuse, le distrayant de la vie de famille dont il avait besoin. Il faudrait qu'elle rentre à New York, car elle aurait du mal à résister à Joshua tant qu'il resterait son proche voisin.

Elle sortit son mobile et fit défiler ses courriels professionnels, cherchant désespérément un prétexte pour partir. Elle attendit qu'il quitte la cuisine et le suivit dans le petit couloir.

— Salut, toi ! fit-il.

Il avait un sourire si rayonnant qu'elle en éprouva presque de la souffrance. Pourtant, malgré elle, elle esquissa à son tour un sourire.

— Alors, que penses-tu de mes enfants ? Ils sont super, non ?

— Ils sont merveilleux, dit-elle avec sincérité. Je suis si contente pour toi que vous soyez réunis et que vous ayez tant de choses à fêter.

— J'ai beaucoup de chance... Qu'est-ce qui ne va pas ? ajouta-t-il avec un regard aigu.

— Rien. Je viens d'avoir un message, il y a un problème au boulot. J'ai le sentiment de m'être un peu trop déchargée sur mon adjointe, et je ne peux pas lui demander de gérer ça aussi. Et puis, il y a Trudie et Anita. Je n'aime pas qu'elles soient seules à Noël alors qu'elles sont malades. J'apprécie énormément que tu m'aies proposé de passer les fêtes avec toi, mais je me sens tenue de rentrer.

Le regard pénétrant de Joshua lui donna l'impression qu'il devinait son demi-mensonge. Il y avait de petits problèmes de distribution des rôles à cause des grippes de saison, qu'elle préférait régler sur place. Et elle voulait prendre des nouvelles de ses amies. Mais ce n'étaient pas les vraies raisons de son départ.

Elle se força à sourire alors qu'elle remettait son manteau et ses bottes.

— Je te souhaite un merveilleux Noël, dit-elle en se hissant sur la pointe des pieds pour l'embrasser sur la joue. Dis au revoir de ma part à tout le monde. Je ne veux pas déranger. Au revoir, et merci pour tout.

Là-dessus, elle franchit le seuil et sortit dans la froidure, laissant Joshua dans la chaleur de son foyer.

# 11

Joshua fixa la porte close pendant plusieurs minutes, en essayant de saisir ce qu'il venait de se produire.

Rebecca avait été inhabituellement silencieuse, aujourd'hui. Les retrouvailles familiales avaient été si intenses qu'elle avait sans doute hésité à rester, de peur de déranger. Il espérait qu'elle ne s'était pas sentie rejetée. Il y avait eu quelque chose d'un peu faux dans le ton de sa voix.

Cependant, elle avait prévu de rentrer à New York avec Anita et Trudie le lendemain de Noël, elle n'avait donc fait que hâter un peu son départ. Vu les circonstances, c'était compréhensible. Il était déçu, il aurait aimé partager avec elle ses traditions festives, mais il comprenait.

Lentement, il revint dans la pièce à vivre, où Chiara dansait toujours sur la musique, sous le regard d'un Evan souriant.

Il se sentit déborder de bonheur. Sa fille vagabonde et d'humeur changeante semblait si heureuse et stabilisée avec Evan, qui était de toute évidence en adoration devant elle ! Gabriella aurait été enchantée et lui aurait accordé aussitôt une place dans son cœur. Qui pouvait dire où le duo allait emménager ? Evan était originaire de Singapour, mais le jeune milliardaire avait vécu à Bali et voyageait un peu partout dans le monde. S'ils s'installaient à New York, tant mieux, mais sinon, lui-même était prêt à se rendre régulièrement à Bali.

Eleanora et Marco riaient dans la cuisine, et il voyait chez son fils un bonheur et une tendresse inédits. Le couple allait de soi.

Il était surpris qu'il leur ait fallu si longtemps pour s'en rendre compte. Et ils attendaient un bébé ! Cinquante ans, c'était tôt pour être un grand-père, mais il avait hâte de voir de nouveau des enfants dans le chalet.

Que de choses à fêter !

— Rebecca m'a demandé de vous transmettre ses excuses, dit-il en s'engageant dans la pièce. Elle doit rentrer à New York plus tôt que prévu, mais elle a été contente de vous connaître.

— Quel dommage ! commenta Eleanora, l'air songeur. Elle est sympathique.

— Maman m'avait emmenée la voir danser, dit Chiara, s'affalant sur une chaise. Je n'ai pas osé le lui dire, ça faisait un peu trop fan-club. J'aurais voulu être elle, à un moment donné. Tu te rappelles l'époque où je prenais des cours de danse classique, papa ?

— Tu devais être mignonne, dit Evan, ce qui la fit rire.

— Dans mon cas, tout se résumait au tutu ! Je n'avais aucun talent, hélas.

— Elle s'est donné beaucoup de mal pour le chalet, observa Marco, qui vint s'asseoir près de sa sœur. Comment as-tu réussi à l'enrôler, papa ?

— Elle a eu une année difficile. Elle voulait de l'occupation, et je n'aurais jamais pu mener à bien tout seul la rénovation dans le temps dont je disposais, expliqua Joshua, conscient de chercher à garder un ton décontracté. C'est un heureux hasard qu'elle ait séjourné dans le chalet voisin. Sans son aide, je n'en serais jamais venu à bout.

— C'est toujours notre chalet, c'est ça qui est bien. Il a conservé son côté chaleureux, commenta Chiara, souriante. Tu as même gardé nos « chefs-d'œuvre » sur les murs, pourtant, je n'ai pas plus de talent en dessin qu'en danse. Et j'aime beaucoup la photo de maman et moi, dans ma chambre.

— Une idée de Rebecca, elle était vraiment sensible à l'histoire du chalet, dit Joshua, conscient de parler d'un ton bourru, et du regard aigu que ses enfants portaient sur lui.

— Tu as passé beaucoup de temps avec elle, elle va te manquer, non ?

— Cela m'a fait plaisir de la connaître, j'aurais été plutôt seul sans ça. Mais maintenant, je vous ai, et nous allons fêter ce Noël. Où en sont les steaks, Eleanora ? demanda-t-il, changeant de sujet à dessein.

Rebecca lui manquerait, certes, mais là, il allait se concentrer sur sa famille. Il y avait longtemps qu'il attendait ce moment.

Ils savourèrent leurs steaks et jouèrent à des jeux de société où ils se montrèrent tous très compétitifs. Joshua avait parfois l'impression de revoir ses enfants tels qu'à l'adolescence, alors qu'ils se reprochaient de tricher tout en trichant l'un et l'autre sans vergogne. Ce fut seulement une fois seul dans sa chambre, dans son lit, qu'il mesura à quel point Rebecca lui avait manqué. Ils avaient passé tant de temps ensemble au cours du grand mois écoulé qu'elle était devenue sans qu'il y prenne garde une partie intégrante de sa vie.

Leurs vraies vies étaient ailleurs. Cette période de loisir était inhabituelle pour elle comme pour lui. Par un heureux hasard, ils avaient pu la partager...

N'empêche, elle lui manquait.

Le jour de Noël s'avéra clair et froid. Ils partirent tous les cinq à la recherche du sapin dans la forêt qui environnait le lac. Marco et Evan eurent beau se proposer pour abattre l'arbre, Joshua se réserva cet honneur, comme autrefois. Un jour, il passerait la hache à son fils, et à Evan aussi. Mais là, il n'était pas prêt à abandonner son rôle de patriarche, même s'il était content d'avoir deux hommes costauds pour aider au transport, avec la contribution de Chiara. Eleanora protesta qu'elle était enceinte et pas malade, mais elle ne fut pas autorisée à donner un coup de main.

La décoration du sapin était ce que préférait Joshua. L'arôme du chocolat chaud et du pain d'épices flottait dans la pièce à vivre quand toute la famille piocha dans la boîte pour accrocher les boules au sapin. Cela prit du temps : chaque babiole était accompagnée d'exclamations, et son histoire relayée aux nouveaux membres de la famille. Il y avait dans le lot les décorations choisies au marché de Noël, et alors qu'il passait à Chiara un traîneau en bois sculpté, son cœur se serra. Il se remémora la balade avec Rebecca en bordure du fleuve gelé, la manière dont elle avait dansé dans ses bras, emportée par la musique.

— C'est le jour de l'année que je préfère, dit Marco en accrochant une chaussette en bois peint qu'il avait réalisée à l'école. Même l'an dernier, quand nous nous étions tous égaillés, j'ai regardé *Piège de cristal* en buvant du lait chaud et en grignotant des cookies.

— *Piège de cristal* n'est pas un film de Noël ! dit Chiara, mains sur les hanches. Dis-le-lui, Evan.

— Euh, eh bien..., fit Evan, et ils s'esclaffèrent tous.

— Je suis de l'avis de Chiara, intervint Eleanora. Mais je consens à regarder *Piège de cristal* si vous acceptez ensuite une comédie romantique.

— Du moment que les acteurs n'ont pas un faux accent *british*...

Les taquineries et les rires continuèrent tandis qu'ils savouraient le chocolat chaud et les bonshommes en pain d'épices, et dissuadaient Evan de faire livrer par son pilote des mets de son restaurant chinois préféré à New York.

— Le restaurant local est excellent, même s'il ne se compare pas avec celui que nous avons découvert à Singapour. Je t'assure que ça te plaira, lui dit Chiara.

Comme Evan cédait, Joshua prit conscience de la vérité qu'il avait refusée jusque-là : ses enfants étaient pleinement adultes, ils n'avaient plus besoin de lui. Ils forgeaient leurs propres familles, leurs souvenirs, leurs traditions personnelles. C'était inévitable. Simplement, il n'y avait pas été préparé.

Les laissant savourer les en-cas, il monta prendre dans l'armoire de la chambre d'amis les chaussettes à suspendre près du feu, ainsi que la boîte de cadeaux qui irait au pied du sapin. Il trouva sur la boîte cinq cadeaux emballés qu'il ne reconnut pas. Ils venaient de Rebecca. Le plus grand était à son nom, les quatre autres à ceux de Marco, Chiara, Evan et Eleanora.

Quand avait-elle réussi à les glisser là ? C'était bien d'elle !

— Regardez, dit-il en apportant la boîte dans la pièce à vivre. Rebecca a laissé ça. C'est gentil, non ?

— Très gentil, dit Chiara en le délivrant de la boîte. Est-ce que ça va, papa ?

— Moi ? Bien sûr.

— Tu as l'air un peu silencieux.

— Avec vous, c'est difficile d'en placer une ! tenta-t-il de plaisanter.

Mais aucun sourire n'éclaira les quatre visages qui le fixaient avec sérieux.

— Je vais mieux que bien, soutint-il. Nous sommes réunis, c'est tout ce que je voulais.

— « Ce que tu voulais », répéta lentement Chiara. Imparfait de l'indicatif. Que veux-tu, maintenant ?

— Parle-nous de Rebecca, glissa Eleanora, souriante. Je suppose que tu as passé beaucoup de temps avec elle.

Non, mais franchement ! Ces jeunots s'imaginaient-ils qu'il se languissait ?

— Effectivement. Comme vous le savez, elle m'a beaucoup aidé ces dernières semaines.

— Et vous avez rénové, c'est tout ? Rien d'autre ? demanda Marco, l'innocence personnifiée.

— Eh bien, je lui ai appris à skier. Nous avons fait une randonnée à Thanksgiving. On est allés au marché de Noël, on a patiné sur le lac, cuisiné ensemble...

— Vous avez partagé beaucoup de choses, alors. C'est bien, elle a l'air vraiment sympa, dit Chiara en prenant les cadeaux que Rebecca avait laissés. Et attentionnée.

— Elle l'est. Elle a eu une année difficile. Son divorce vient d'être prononcé, et il avait tiré en longueur. Elle s'est réfugiée ici pour fuir les gros titres déplaisants et faire une pause.

— Donc, tu l'as mise au boulot ?

Il décocha un regard noir à sa fille, qui lui retourna un sourire charmant.

— Elle a insisté, elle ne voulait pas rester les bras croisés. Alors, j'ai proposé un marché : je lui ferais découvrir un peu le Vermont en échange d'un coup de main. Vous savez, il y a trois ans que je n'étais pas venu, et je me demande bien pourquoi. Ce séjour ici m'a été bénéfique.

Finement joué, le changement de sujet, voulut-il croire.

— Ce n'est peut-être pas seulement le lieu qui a joué, mais la compagnie, glissa Marco.

— Nous sommes devenus proches, convint Joshua. C'est une femme extraordinaire. Très forte, ambitieuse, résolue. Mais je n'ai pas, je veux dire, nous n'avons pas...

— Quand elle était là, ton visage s'illuminait, lui dit gentiment Chiara en l'attirant près d'elle. Et vous avez recréé un foyer, ici. Ensemble.

Evan et Eleanora s'étaient fondus dans le décor, et il se retrouva assis sur le canapé entre ses deux enfants.

— Nous sommes devenus proches, oui, lâcha-t-il. Plus proches que je ne l'ai été avec quiconque après votre mère.

Il regarda ses enfants avec anxiété. Étaient-ils bouleversés ?

Ils souriaient, au contraire, ils échangeaient un regard qui signifiait : « Je te l'avais bien dit ! »

— Cela ne signifie pas que c'est une grande histoire d'amour, précisa-t-il aussitôt. Plutôt une idylle de vacances. Son ex-mari voulait qu'elle laisse tomber tout ce qu'elle faisait, qu'elle change de vie pour correspondre à celle qu'il menait. Son travail très prenant exige qu'elle soit à New York la plupart du temps, et moi, je compte passer du temps ici...

Il se sentait frustré, non pas d'avoir à s'expliquer avec ses enfants, mais parce qu'il avait conscience de s'enferrer.

— S'il n'y a rien de plus, très bien. Mais papa, si tu as de vrais sentiments pour Rebecca, tu devrais le lui faire savoir.

— Maman voudrait ton bonheur, papa.

— Si vous êtes heureux tous les deux, alors je le suis aussi.

— Tu as encore beaucoup de temps devant toi ! Tu ne voudrais pas réellement le passer tout seul ?

— Je ne suis pas tout seul, dit-il.

— Tu nous auras toujours, assura Chiara, se blottissant contre lui comme quand elle était petite. Mais tu nous as donné tous les atouts, papa. Tu as donné des responsabilités à Marco et lui as appris à être un bon dirigeant, tu m'as laissée libre. Tu nous as apporté de la stabilité, de l'amour, de l'assurance, mais nous avons quand même eu du mal à reconnaître l'amour quand il était sous nos yeux. Enfin, il y en a un qui a mis encore plus de temps que l'autre...

Elle sourit à son frère, qui pour une fois ne protesta pas.

— Je n'ai pas su voir ce que j'avais sous le nez, reconnut Marco. Je connais Eleanora depuis toujours, mais je crois que j'avais peur d'aimer, peur de la perdre...

— La perte de votre mère est ce que j'ai vécu de plus dur, dit Joshua, serrant ses enfants contre lui comme autrefois. Mais je n'aurais pas sacrifié une seconde du temps que nous avons passé ensemble, même si j'aurais du chagrin un jour. Parce que ça en valait la peine. Je suis heureux que vous ayez eu le courage d'écouter votre cœur tous les deux.

— Alors, en feras-tu autant, papa ? Diras-tu à Rebecca que tu l'aimes ?

Il faillit s'étrangler.

C'était une idée absurde ! Mais non, allons, il n'était pas amoureux de Rebecca !

Il l'aimait bien, il l'admirait. La désirait. Elle savait le faire rire, et entre eux, la conversation était facile. Il aimait l'éclat de son visage quand elle était excitée. Il aimait sa détermination, sa compétitivité, son énergie, sa joie de réussir quelque chose de nouveau. Il aimait sa compréhension et sa sympathie. Il aimait que son travail soit pour elle une vocation, il admirait son talent qui l'avait portée au sommet, il appréciait qu'elle protège sa troupe et veuille faire surgir le meilleur de ses danseurs. Il admirait la grâce qu'elle insufflait à tout ce qu'elle faisait, et sa beauté discrète. Il la voulait dans ses bras, dans son lit, à ses côtés...

Mais en additionnant tout cela, obtenait-on de l'amour ? Comment le savoir ? La fois précédente, la jeunesse effaçant les doutes, l'inexpérience balayant les questions, tout avait été plus simple.

— Si tu l'aimes, c'est bien, dit doucement Chiara. Nous voulons que tu sois heureux.

— Il n'y a guère de raisons pour ne pas l'aimer, observa-t-il avec lenteur. J'ai cru que mon cœur était mort avec votre mère, et pendant dix ans, je l'ai accepté, je n'avais aucune intention de sortir de nouveau avec une femme. Mais quand j'ai vu Rebecca au bord de la route, tout a changé.

— Que dirais-tu à maman si elle était encore là et pas toi ?

Il n'y avait aucun doute dans son esprit.

— Je n'aurais pas voulu que Gabi reste seule. J'aurais aimé qu'elle ne laisse pas passer le bonheur. Mais Rebecca vient de se libérer d'un mariage désastreux et précipité qu'elle a toujours regretté. La dernière chose dont elle a besoin, c'est d'être à nouveau soulevée de terre...

Il s'interrompit, songeur.

C'était vrai, mais si lui-même avait craqué pour Rebecca, c'était sans l'avoir voulu.

— Il faut dire qu'il voulait la changer, alors que moi, je la trouve parfaite telle qu'elle est.

— Eh bien, voici deux obstacles de surmontés, dit Marco, un léger rire frémissant dans sa voix.

— Le travail, c'est sa vie. Elle travaille le soir, le week-end, pendant les congés. C'est une citadine, alors que je veux passer plus de temps ici, et j'ai un projet personnel qui impliquera des voyages. Mais c'est la qualité qui compte, n'est-ce pas ? Nous ne sommes plus des gamins, nous n'avons pas besoin d'être inséparables.

— Et puis, on est au XXIe siècle ! Pour rester en contact il y a les appels téléphoniques, les SMS, les appels vidéo, fit valoir Chiara. Evan voyage beaucoup, mais ce n'est pas une raison pour que je renonce à lui. Je voyagerai avec lui autant que possible, mais pas chaque fois.

— Moi, je dois visiter des hôtels un peu partout dans le monde, Eleanora le sait, ajouta Marco. Elle a un job très prenant, elle aussi. Mais nous nous arrangerons pour que ça marche.

— Bon, ne cherche plus d'excuses, papa. Tu es le seul à savoir ce que tu ressens vraiment. Je n'aurais jamais cru demander ça à mon propre père, mais était-ce une brève rencontre, ou quelque chose de plus ? Et en ce cas, que comptes-tu faire ?

Joshua regarda ses enfants si intelligents et perceptifs d'un air secoué. Comment avaient-ils su avant lui ?

— Je l'aime ! s'exclama-t-il en se levant d'un bond. Je l'aime, et il faut que je le lui dise. Il faut que j'y aille.

— Oui, lui dit Chiara, souriante. Va la chercher et ramène-la pour qu'elle passe Noël avec nous.

— Mon jet est à quelques kilomètres d'ici, dit Evan en sortant de la cuisine, mobile en main. Il est prêt à vous emmener à New York et à vous ramener ici. Une voiture sera là dans quinze minutes.

— Vous êtes tous irremplaçables, dit Joshua, étreignant ses enfants une dernière fois et donnant une claque amicale sur l'épaule de son futur gendre. Merci.

— Au fait, papa, fit Marco. Bonne chance !

Ce fut en s'apprêtant à monter en voiture que Joshua se rendit compte qu'il ignorait où habitait Rebecca. La trouverait-il à la salle de spectacle ?

Il consulta son mobile.

La représentation du jour s'était terminée à 16 heures. Même si elle était suivie de l'échange des cadeaux, Rebecca était sûrement partie vers 18 heures. Il pouvait lui téléphoner, bien sûr, mais si elle lui demandait de ne pas venir ? Et puis, il voulait lui dire de vive voix ce qu'il avait à dire.

Une seule personne pouvait lui porter secours.

Il envoya un message à Anita. Tout était entre les mains de celle-ci, maintenant. C'était elle, au fond, qui lui avait envoyé Rebecca. Il espérait qu'elle lui permettrait de conclure ce qu'elle avait commencé.

# 12

Rebecca avait été bouleversée par l'accueil qu'on lui avait réservé à son retour dans la salle de spectacle. C'était le lieu auquel elle appartenait. Plus jamais elle ne le quitterait aussi longtemps. Même si elle admettait que les vacances étaient une bonne chose et qu'elle en prendrait plus souvent.

Elle balaya son appartement du regard, tentant de réveiller en elle un peu d'humeur festive.

Après être rentrée la veille au soir, elle s'était efforcée de le décorer, mais le résultat semblait piètre par comparaison avec le luxe du chalet d'Anita ou les ornements chers au cœur de Joshua. Son sapin était petit, les boules peu nombreuses, et sa tentative pour imiter les Pearson avec des plats chinois et une sélection de films lui semblait pathétique.

Elle n'était pas mécontente d'être chez elle, non. Elle adorait son petit appartement avec ses murs aux couleurs d'enluminure, son mobilier vintage, ses affiches de spectacle anciennes et ses souvenirs – les pointes qu'elle avait portées en débutant dans le rôle principal du *Lac des cygnes*, un collage réalisé avec d'anciens costumes qu'on lui avait offert lorsqu'elle s'était retirée de la scène, un diadème, les fleurs séchées de son premier bouquet. C'était son refuge.

Mais des souvenirs l'assaillaient : la neige tombant doucement au-delà de la fenêtre, Joshua penché sur son ordinateur tandis qu'elle regardait le cours du matin et prenait des notes, le café au chaud sur le poêle...

Allons, c'était le passé, pas l'avenir. Après une première romance qui avait tourné au mariage désastreux au lieu de rester un amusant souvenir, elle en avait tiré la douloureuse leçon.

Mais si elle devait être honnête, elle n'avait pas très envie de passer Noël seule. Elle manquait d'enthousiasme, alors qu'elle était d'habitude enchantée de sa propre compagnie. Elle se sentirait peut-être mieux en passant les coups de fil redoutés qui auraient dû avoir lieu depuis longtemps.

Elle se servit un verre de vin, et alla s'installer sur le grand canapé émeraude. Après une profonde inspiration, elle composa un numéro.

On répondit après quelques secondes.

— Maman ? C'est Rebecca.

— Rebecca ? Est-ce que tout va bien ?

Le ton surpris de sa mère lui navra le cœur. Une mère devait s'attendre à un appel de sa fille pour Noël, non ?

— Oui, ça va bien. As-tu reçu le panier ? J'étais dans le Vermont. Oui, c'était très beau, beaucoup de neige, j'ai même fait du ski. J'aimerais y retourner. Tout le monde va bien ? Ils sont tous là avec toi pour les fêtes ? C'est génial. Moi ? Oh ! tranquille, tu sais bien. Oui, je sais que je suis la bienvenue, et il y a trop longtemps qu'on ne s'est pas vus. Je pourrai peut-être venir avant le nouvel an. Oui, moi aussi, ça me ferait plaisir.

La conversation avait été brève, mais pas inconfortable. Elle fut suivie par un très court échange avec son père qui n'avait jamais été du genre bavard, puis, ô surprise, avec sa plus jeune sœur, dont les deux filles suivaient des cours de danse et qui, lui dit-elle avec fierté, tenaient de leur tante.

— Elles adoreraient voir un spectacle, peut-être même venir en coulisses, et si tu avais le temps de les voir danser…

Avait-elle inconsciemment tenu sa famille à l'écart, se méprenant sur leurs intentions et se sentant incomprise et délaissée ? Si c'était le cas, elle tenait peut-être l'occasion de réparer.

Sans même réfléchir, étourdie de surprise, elle offrit des billets et une visite de quelques jours.

Quand elle raccrocha, elle s'avisa qu'elle avait hâte de recevoir ses nièces, de distraire sa sœur et son mari. Katy n'avait que six ans lorsqu'elle-même avait quitté la maison. Il n'était pas surprenant qu'elles ne soient pas proches. Mais une relation pouvait peut-être s'établir à l'avenir. Du moins, elle était résolue à être une meilleure tante, et pas seulement avec ses neveux ou nièces qui partageaient ses centres d'intérêt.

Elle venait d'accomplir un pas positif.

Il lui restait à passer un autre appel, au sujet duquel elle était beaucoup moins optimiste. Elle ne s'attendait pas à ce qu'Ivan décroche, et ce ne fut pas sans appréhension qu'elle entendit la voix familière.

— Qu'est-ce qui ne va pas ?

— Ivan ? Bonjour, c'est Rebecca.

— Je sais. C'est pour ça que j'ai supposé que quelque chose n'allait pas. Je ne vois pas d'autre raison pour que tu m'appelles.

— Non, tout va bien. Enfin...

Elle chercha les mots justes, se dit qu'il n'y en avait pas et qu'elle devait seulement livrer ce qu'elle avait sur le cœur.

— Je suis désolée Ivan. Je n'ai jamais voulu t'induire en erreur. Ni quand nous nous sommes mariés, ni quelques années plus tard. Je n'avais pas l'intention de te faire du mal.

Silence. Elle prit une profonde inspiration.

— La vérité, c'est que je me suis menti à moi-même, et donc à toi aussi. J'ai cru, à un moment donné, pouvoir être la femme que tu voulais. Mais j'aurais dû être plus lucide et savoir que la vie que tu m'offrais ne me conviendrait jamais.

Ce fut de nouveau le silence, mais elle savait qu'il écoutait. Malgré sa nervosité intérieure, elle reprit :

— Cependant, ces excuses ne signifient pas que j'endosse toute la culpabilité, certains de tes actes sont impardonnables. Je n'apprécie pas la manière dont tu m'as traitée ces deux dernières années, et ta volonté évidente de me blesser. Et j'apprécie encore moins la manière dont tu t'es répandu contre moi dans les médias et m'as fait passer pour la méchante de l'histoire. Cela m'a amenée à te rendre responsable de tout ce qui n'a pas marché... Mais j'ai réfléchi, et j'accepte ma part de responsabilités. Cela ne signifie pas que je suis la seule en cause, Ivan. Tu n'as jamais voulu de moi telle que je suis. Tu as toujours voulu me changer, et ça, c'est de ton fait.

— Qu'est-ce que c'est que tout ça ?

Mais Ivan écoutait toujours, et il ne semblait pas en colère comme elle l'avait plus ou moins craint.

— Je vais de l'avant, c'est tout. Je reconnais mes erreurs, mais je m'absous aussi de celles que je n'ai pas commises. Nous sommes restés longtemps en couple, Ivan. Nous avons été souvent séparés, il y a eu beaucoup de mauvaises choses. Mais nous avons eu aussi des moments merveilleux, et ce sont ceux-là que je veux retenir. Je veux me souvenir que, quoi que j'aie pu ressentir ces dernières années, tu m'as souvent rendue vraiment heureuse. Je tenais à ce que tu le saches aussi.

Il y eut un long, un très long silence. Pour finir, Ivan dit d'une voix tendue :

— Moi aussi, j'ai été très heureux. Tu as peut-être raison, il se peut que j'aie voulu te changer, que j'aie tenté d'avoir plus de prise sur toi. Il se peut que ma colère ait beaucoup trop influencé ma conduite, surtout ces derniers temps. J'en suis désolé, Rebecca.

Elle cilla, refoulant des larmes.

C'était la première fois qu'Ivan lui présentait des excuses, et elle n'avait pas imaginé jusqu'ici à quel point elle avait eu besoin de les entendre.

— Moi aussi, Ivan. J'espère que tu seras heureux. Je te souhaite tout le bien possible.

— Moi aussi. Merci d'avoir téléphoné. D'avoir dit ces choses. Au revoir, Rebecca.

Et ce fut tout. Il avait raccroché.

Elle se rassit et prit son verre de vin, l'esprit agité par tout ce qu'il s'était produit au cours de la dernière demi-heure.

C'était si libérateur de se délester de la colère et de l'humiliation, de prendre conscience qu'elle n'avait plus à porter un fardeau de culpabilité et de regrets !

Elle était prête à affronter l'avenir, quel qu'il soit.

Sa brève relation avec Joshua l'avait changée plus profondément que toutes les années passées avec Ivan. Elle avait examiné la vie qu'elle s'était bâtie et y avait trouvé du bon, elle avait aspiré à des choses qu'elle n'avait jamais désirées auparavant : une famille, des traditions. Et ces choses n'étaient peut-être pas inaccessibles. Si elle acceptait maintenant que son sentiment d'accomplissement résidait dans son travail, qu'elle n'avait pas à s'en sentir coupable, elle avait aussi compris qu'il n'était pas trop tard pour qu'elle ouvre son cœur à sa famille. Elle était aussi prête à aller de l'avant sur le plan amoureux. Grâce à Joshua, elle savait que toute liaison n'est pas un champ de bataille, qu'elle méritait mieux.

Son cœur se serra.

Si elle voulait aller de l'avant, c'était avec Joshua.

Mais c'était impossible, n'est-ce pas ? Même si elle était honnête sur ce qu'elle était capable de donner et s'il l'était aussi, avaient-ils une chance ? Et s'il n'éprouvait pas les mêmes sentiments ?

Il n'y avait qu'une façon de le savoir. Elle avait osé faire les premiers pas pour renouer avec sa famille, osé tirer le bilan de son couple avec Ivan. Aurait-elle aussi le courage de saisir sa chance de bonheur ?

Pas maintenant, bien sûr. Joshua fêtait Noël en famille comme il l'avait tant désiré. Mais après Noël, elle pourrait s'arranger pour le voir et être franche avec lui.

La sonnerie de sa porte d'entrée retentit, l'arrachant à ses pensées.

Ah oui, la livraison des plats chinois.

Elle sortit quelques dollars de pourboire, gagna la porte, l'argent en main, et resta pétrifiée face à l'homme qui, devant elle, tenait un sachet brun plein de plats odorants.

— Joshua ? Mais..., balbutia-t-elle, réduite au silence.

— J'ai rencontré le livreur en bas et j'ai proposé de le délester. On est drôlement confiant dans ton voisinage ! Le fait que je connaisse ton nom l'a peut-être rassuré.

Mais que faisait-il ici ?

— Où sont Marco et Chiara, et les autres ?

— Je peux entrer ? La nourriture refroidit, et le sac pèse une tonne. Aurais-tu des invités ? fit Joshua, soudain assombri.

— Pure gourmandise de ma part, avoua-t-elle.

Il rit.

— C'est une veine que je sois venu, alors ! Ça sent drôlement bon.

La scène avait quelque chose d'irréel, mais elle s'affaira à disposer bols, cuillers et baguettes, à verser un verre de vin à Joshua. Tandis qu'elle sortait le contenu du sac, il erra dans les lieux, regardant les affiches et les photos au mur, les livres, les ornements et tout ce qu'elle avait accumulé au fil des ans. L'appartement était un peu encombré, les couleurs pas du goût de tout le monde, mais elle espérait qu'il comprenait.

— Cet appartement te ressemble, dit-il. On pourrait penser le contraire, car tu t'habilles dans des couleurs discrètes, et tu es très posée en apparence, alors qu'il est plein de couleurs, d'émotions et de sensations. Mais il correspond à ce que tu évoques. Je ne t'imaginerais pas vivre ailleurs.

Oui, il comprenait ! Il la comprenait. Elle s'en sentit toute réchauffée.

— Merci, dit-elle en disposant les boîtes-repas sur le plan de travail. Là, voilà, c'est prêt.

— Super, je meurs de faim. Les autres en étaient encore à se disputailler sur le menu quand je suis parti.

Il aurait été naturel d'enchaîner en demandant à Joshua ce qu'il faisait là. Mais, trop intimidée, elle lui passa un bol et l'invita à se servir à sa guise. Elle avait pour sa part perdu tout appétit et picora un ravioli à la vapeur, l'estomac noué.

— Alors, qu'as-tu prévu pour ce soir ? demanda Joshua en s'attablant.

— Je pensais regarder un film.

Elle était trop gênée pour lui avouer qu'elle avait des cookies dans le buffet et du lait au réfrigérateur. Pour lui avouer qu'elle avait voulu copier la soirée qu'il avait prévue pour sa famille.

— Tu sais, commença-t-il, le ton décontracté, mais le regard attentif, nous avons prévu aussi de regarder des films. Si tu rentrais avec moi pour les voir en notre compagnie ?

— Comment es-tu ici ? lâcha-t-elle enfin. Comment m'as-tu trouvée ?

— J'ai demandé à Anita. Elle ne m'a pas caché qu'il lui déplaisait de me donner ton adresse sans ta permission, et elle m'a averti que si je te contrariais d'une façon ou d'une autre, j'aurais affaire à elle, grippe ou pas grippe. Pour le reste, eh bien, le cher et tendre de Chiara s'est avéré plein de ressources. Il m'a prêté son jet privé comme un rien ! Je pourrais très bien m'habituer à avoir un milliardaire pour gendre...

— Mais *pourquoi* es-tu venu ? le coupa-t-elle, n'y tenant plus.

— Parce que...

Joshua posa son bol sur la table, et elle vit qu'il avait à peine touché à son contenu, lui aussi. Il n'était donc pas aussi calme qu'il le paraissait, et elle se sentit plus forte.

— Parce que je ne pouvais pas passer Noël sans toi. En fait, je ne veux pas non plus passer le nouvel an sans toi, ni le printemps, ni l'été, ni l'automne. J'aimerais passer toutes mes vacances avec toi, et une grande partie de l'année aussi. Je suis amoureux de toi, Rebecca.

— Mais...

Malgré l'euphorie et la joie qui l'envahissaient, elle tenta de rassembler toutes les raisons qui lui étaient venues la veille quand elle avait pris conscience qu'elle aimait Joshua, lui soufflant que c'était une mauvaise idée.

— Et tes enfants ? Que vont-ils penser ?

— Au cas où tu ne t'en serais pas aperçue, ils sont tout à fait adultes, et ils n'ont pas du tout envie d'avoir à s'inquiéter pour leur vieux père esseulé. Ce sont eux qui m'ont convaincu de me lancer à ta poursuite un soir de réveillon.

Il lui adressa un sourire d'une tendresse bouleversante, alors qu'elle se levait d'un bond et faisait les cent pas.

— Mais mon job est ici, et toi, tu projettes de passer plus de temps dans le Vermont !

— Oui, mais nous n'avons pas besoin d'être inséparables, nous pouvons nous soutenir l'un l'autre où que nous soyons. Le Vermont n'est pas si loin d'ici, d'ailleurs. Tu pourrais venir y travailler un jour ou deux quand ton planning te le permet. J'y serai plus de la moitié du temps, mais je reste le P-DG du Grand

York. Je ne serai pas coupé de New York pour le cas où tu aurais besoin de moi. Je ne vois qu'un obstacle : que tu ne ressentes pas la même chose que moi. Si c'est le cas, dis-le-moi, je t'en prie. Mais avant, je tiens à souligner que je t'aime telle que tu es. Je ne veux pas te changer ni te faire correspondre à ma vie. Je te veux épanouie et heureuse.

Elle le contempla, l'esprit en tumulte.

Elle avait déjà accompli des pas de géant, ce soir. Elle devait trouver le courage d'accomplir celui qui comptait le plus.

— Je t'aime aussi.

Le sourire de Joshua l'embrasa tout entière alors qu'il se levait et la rejoignait en deux pas, lui enveloppant le visage de ses paumes.

— Tu ne dis pas ça pour la forme ?

— Mais non, je t'aime. Je m'en suis rendu compte hier. C'est pour ça que je suis partie. Je n'avais pas ma place au chalet alors que tu étais en famille. Je ne voulais pas rester là en étrangère, risquer de gâcher ce que nous avions, gâcher ton Noël en te disant ce que j'éprouvais. Tout me semblait impossible.

Elle ne savait plus très bien pourquoi, à présent.

— Rien n'est impossible, ma chérie, si on le veut avec assez de force.

— Et je le veux ! Ce qui m'a frappée tout d'abord, c'est ta bonté, ta prévenance… Enfin, juste après t'avoir trouvé sexy, acheva-t-elle avec un sourire.

— Naturellement !

Il eut un sourire entendu, et elle rit.

— Tu avais l'air si décontracté ! J'ai vite compris que tu n'en étais pas moins énergique et déterminé. Mais tu ne te laissais pas dominer par ces traits de caractère. J'aime ton grand cœur, ton amour pour ta famille, tes efforts pour faire le bonheur de tes enfants tout en les laissant libres d'être ce qu'ils sont. J'adore ce que tu me fais ressentir, comme si je te suffisais…

— Tu m'apportes beaucoup plus que ça !

— Et tu surpasses tous mes rêves. Ou alors, c'est que je rêve. Tu crois que je vais me réveiller et découvrir que rien de tout ça n'est réel ?

— J'espère bien que non, parce que ça voudrait dire que je rêve moi aussi. Rebecca, je sais que tu viens de quitter le Vermont, mais je serais vraiment heureux que tu passes Noël avec moi et mes enfants – et ils en seraient heureux aussi.

— Tu es sûr que ça ne les dérangerait pas ?

— Les déranger ? Ils m'ont littéralement poussé dans l'avion pour aller te chercher.

— Dans ce cas, comment pourrais-je refuser ?

— Mais avant, dit-il avec un regard intense, il y a une chose que je brûle de faire depuis ce matin.

Elle se hissa vers lui pour recevoir son baiser, si tendre qu'elle en fut toute retournée.

Quand Joshua ouvrit la porte du chalet et la fit entrer, Rebecca se sentit tout intimidée, ce qui ne lui ressemblait pas.

Il leur avait fallu un certain temps pour quitter l'appartement, car leur baiser les avait menés tout droit à sa chambre, où ils avaient fait l'amour sans hâte, avec douceur, exprimant leurs émotions. Elle avait ensuite préparé un sac de voyage et débarrassé les plats encore intacts, trop débordante de bonheur pour recouvrer son appétit.

Mais maintenant qu'elle était là, la certitude qui l'avait soutenue jusqu'ici s'était évanouie. Les jeunes Pearson voulaient-ils vraiment qu'elle fête Noël avec eux ?

Chiara courut embrasser son père, puis Rebecca.

— Vous êtes revenus ! Ne t'inquiète pas, papa, on a réservé les Muppets pour toi, et si tu as faim, il reste plein de choses à manger. Je suis si heureuse que vous soyez revenue, Rebecca ! Papa était tristounet sans vous.

— « Tristounet » ? fit Rebecca, levant les yeux vers Joshua, qui avait les yeux rieurs.

— Un tout petit peu, peut-être.

— Tant mieux, fit-elle. Parce que j'étais tristounette aussi.

Avant qu'elle ait pu ajouter un mot, Marco l'avait débarrassée de son bagage pour le monter à l'étage, et Chiara la fit asseoir sur un canapé et lui proposa une assiette de nourriture qui réveilla son appétit.

— Je mets les cookies au four, dit Eleanora, surgissant de la cuisine.

— Et je réchauffe le lait et le chocolat pour ceux qui en veulent, dit Chiara.

— Muppets prêts pour le lancement ! lança Evan, brandissant la télécommande.

Tout était un peu bruyant, un peu brouillon et... merveilleux. Installée sur le canapé, Joshua à côté d'elle, Rebecca regarda la pièce métamorphosée pour Noël : le sapin était paré de ses boules, toutes les lampes étaient allumées, divers ornements luisaient sur les étagères. La flambée de bois dans la cheminée projetait de chauds éclats de lumière sur la famille réunie.

Sous l'arbre, les cadeaux étaient empilés, et six chaussettes étaient suspendues au manteau de la cheminée.

Mais oui, six ! Chacune portait un nom – les plus usées étaient à Joshua, Marco et Chiara, les neuves affichaient *Evan* et *Eleanora*. Comment Joshua avait-il pu réussir ça à temps ? Son amour de Noël et des traditions, sa capacité à inclure avec chaleur les nouveaux venus faisaient partie de ce qu'il avait de plus attachant. Quand son regard se posa sur la sixième chaussette, elle eut un petit coup au cœur. *Rebecca* y était inscrit en lettres d'or chantournées.

Ce Noël promettait d'être parfait.

# 13

Joshua promena le regard sur la belle et antique salle de spectacle, conçue sur le modèle des grandes salles d'opéra européennes, avec un auditorium en léger arc de cercle et des balcons. Tous les sièges en velours rouge étaient occupés. L'ultime représentation de *Casse-Noisette* était une tradition pour beaucoup de New Yorkais, parés pour la plupart avec élégance. Les Pearson ne faisaient pas exception. Lui-même, Marco et Evan étaient en tenue de soirée, Eleanora portait une robe drapée couleur d'or pâle, et Chiara rayonnait dans une toilette en soie bleue.

Il posa les yeux sur sa fille et son fils qui échangeaient un rire complice pour quelque plaisanterie, et son cœur se gonfla de gratitude.

*Nous avons réussi, Gabi !*

Le bonheur patent de Marco et Chiara le rendait heureux, et il avait hâte de vivre les prochaines étapes, les mariages, les petits-enfants, les autres Noëls à venir. Il leur était très reconnaissant d'avoir si bien accueilli Rebecca, à laquelle chacun avait offert un cadeau, tout comme elle l'avait fait pour eux. La matinée de Noël avait été joyeuse, même si Chiara avait été de toute évidence très émue en découvrant la bague de fiançailles de sa mère et les boucles d'oreilles assorties. Et maintenant, ils fêtaient ensemble le nouvel an, d'abord ici, à la compagnie de ballet, puis au Grand York pour le Grand Bal traditionnel du réveillon.

— Une loge rien que pour nous ! souffla Chiara, venue près

de lui pour se pencher vers les spectateurs du parterre. Je me sens si privilégiée !

Sa fille était en couple avec un milliardaire, mais elle gardait la tête sur les épaules. Elle savourait le champagne et les canapés qui leur étaient servis, les lumières, la musique.

— Moi aussi, admit Eleanora. Je vote pour ajouter le ballet à nos traditions familiales, Marco.

— Grâce à papa, je parie que ce sera possible. La danse classique va jouer un grand rôle dans notre famille, désormais. Qui sait ? fit Marco, posant en douceur la main sur le ventre d'Eleanora, qui la recouvrit de la sienne. Nous avons peut-être un futur danseur ou une future danseuse, là-dedans.

— En tout cas, c'est quelqu'un de déjà très remuant !

Ils se turent tous alors que l'orchestre faisait silence après l'accord des instruments, que le chef d'orchestre entrait en scène sous les applaudissements et que les musiciens attaquaient l'ouverture.

Joshua s'était attendu à un spectacle agréable, mais il en fut totalement transporté. La fête, la bataille entre les soldats de bois et les souris, les flocons de neige, le royaume enchanté... Il savait par Rebecca que, si tout cela paraissait facile, c'était grâce au travail et à la passion des danseurs, des costumiers et costumières, maquilleurs, techniciens et constructeurs des superbes décors, des musiciens qui donnaient vie à la musique comme si elle était toute nouvelle, et non l'une des partitions les plus aimées de l'histoire.

Ce n'était pas très différent d'un hôtel, où le travail « en coulisses » passe inaperçu, les hôtes n'en voyant que le résultat. Il en appréciait d'autant plus ce qu'il voyait. C'était Rebecca qui dirigeait cet ensemble. Et il savait que cela comptait beaucoup pour elle de le partager avec eux quatre.

Rebecca était en coulisses, à l'endroit où elle s'était tenue tant et tant de fois. Comme toute jeune danseuse qui attendait de faire son entrée dans les tableaux de la fête, puis comme membre du corps de ballet, puis sujet, et soliste, et enfin danseuse étoile.

Maintenant, elle regardait soir après soir ses danseurs créer la magie.

*Casse-Noisette* ne manquait jamais de la transporter dans son monde enchanté hivernal. Elle fut presque comme arrachée à un rêve lorsque, Clara s'étant réveillée après ses aventures de la nuit, le rideau retomba sous un tonnerre d'applaudissements. Les rappels se multiplièrent, puis ce fut une ovation debout lorsque la jeune Freya, qui avait fait ses débuts ce soir dans le rôle de la fée Dragée, vint la prendre par la main et l'entraîna sur scène pour une révérence.

Les années s'effacèrent alors que Rebecca s'avançait sous la lumière des projecteurs.

Combien de fois, comme Freya en cet instant, avait-elle abordé le chef d'orchestre et le directeur artistique pour les faire monter sur scène ?

Cette fois-ci, elle n'était pas en tutu mais en longue robe du soir argentée, et il y avait dans le public des personnes qui étaient venues rien que pour elle. Joshua, Chiara et Evan, Eleanora et Marco applaudissaient à tout rompre, et c'était à elle qu'ils adressaient leurs bravos. Miraculeusement, ses parents, ses sœurs et leurs familles étaient aussi dans la salle. Joshua leur avait réservé des chambres au Grand York et les avait conviés au Grand Bal du réveillon de nouvel an. Plus tôt dans la journée, elle avait fait visiter les coulisses à tout ce petit monde, et leurs questions, leur intérêt pour son univers quotidien, leurs mines extasiées l'avaient enchantée.

Enfin, elle était émerveillée des sentiments que lui inspirait l'homme dans la loge qui, les yeux rivés sur elle et le sourire aux lèvres, l'applaudissait. Émerveillée de ce qu'il avait accompli et de son don pour le bonheur en dépit de tout.

C'était un privilège d'être aimée de lui, elle se jurait de ne jamais l'oublier.

# Épilogue

*Un an plus tard*

Rebecca entra dans le chalet, tard dans la soirée du réveillon de Noël, accueillie par un chœur de cris de bienvenue et des étreintes.

— Tu es là !

— Joyeux Noël !

— On t'a réservé plein de bonnes choses à manger.

— Le spectacle s'est bien passé ?

Elle prit tout juste le temps d'ôter son manteau et ses chaussures avant de soulever dans ses bras bébé Gabriel et de couvrir de baisers ses joues rebondies.

— Il t'adore, fit Eleanora, souriante, tandis que son fils refermait sa menotte sur les cheveux de Rebecca.

— C'est réciproque, dit Rebecca, étreignant le petit garçon.

Elle n'avait jamais côtoyé de bébé auparavant, et elle s'enchantait de toutes les étapes du développement de Gabriel, presque autant que ses parents et son grand-père.

— Le spectacle s'est très bien passé, oui. Le public était ravi, et les danseurs, l'équipe et les musiciens vont pouvoir jouir de deux ou trois jours de pause bien mérités. Désolée de ne pas avoir pu venir à temps pour le sapin, mais c'est sympa de m'avoir appelée en vidéo quand vous l'avez choisi. Et décoré.

— Pardi ! Il fallait bien que quelqu'un se charge de placer les lumières ! lança Chiara depuis la cuisine, où elle réchauffait les mets, la main parée du beau saphir bleu.

Elle allait épouser Evan à Bali dans quelques semaines, et Rebecca avait hâte d'y être.

Elle remit Gabriel à Joshua, accepta son assiette de nourriture et alla s'attabler. Elle aimait observer la famille, leurs échanges, leurs taquineries affectueuses, et savoir qu'elle y était intégrée.

Rien de bien nouveau ce soir : Chiara et Marco se lançaient dans leurs chamailleries rituelles sur le choix des films, qui se résoudraient bien entendu comme tant d'autres fois.

— Le sapin te plaît ? lui demanda Joshua en lui apportant un verre de vin, avant de s'asseoir dans un fauteuil près d'elle.

— Tu as fait le bon choix, lui assura-t-elle.

— Navré de ne pas avoir pu venir te chercher en voiture.

Elle sourit, envahie d'affection pour lui.

— Celle qu'Evan a envoyée convenait très bien. D'un luxe absurde, et si confortable que j'ai même piqué du nez. Au demeurant, on avait besoin de toi ici, *nonno* ! Tu devais veiller à l'initiation de Gabriel aux traditions familiales de Noël.

Elle ne disait pas cela par politesse. Joshua et elle avaient vite trouvé un équilibre. Il avait convaincu le conseil d'administration et son fils d'investir dans la chaîne d'auberges, et il passait une partie de la semaine sur les routes. Le reste du temps, il vivait avec elle. S'il devait voyager assez longtemps, il élisait domicile au chalet, où elle le rejoignait quelques jours en télétravail, sans oublier de skier, de partir en randonnée et de profiter de la région. Quand ils étaient séparés, ils se téléphonaient chaque jour, parlaient de leurs occupations respectives. Elle avait visité toutes les auberges et était devenue une cliente assidue du Grand York. Joshua connaissait tous les danseurs, l'équipe administrative, et il assistait à chaque première, quel que soit son planning.

C'était si simple ! Les premiers mois, elle s'était demandé à quel moment le réel viendrait troubler tout cela. Il lui avait fallu du temps pour admettre qu'elle pouvait être heureuse et comblée dans sa vie personnelle autant que dans son travail.

Elle leva les yeux vers le portrait de famille accroché au mur où une Gabriella rayonnante entourait de ses bras ses tout jeunes enfants, et, comme toujours, elle lui adressa un grand merci en son for intérieur. Elle ne se sentait jamais jalouse de celle que Joshua avait si profondément aimée. Elle avait plutôt le sentiment d'avoir sa bénédiction.

— Une balade, ça te tente ? lui proposa Joshua.

— On va manquer les films ?

— On sera de retour à temps pour les Muppets.

Elle avait passé la journée enfermée, et, malgré le froid, il était tentant de sortir dans le paysage enneigé, sous les étoiles scintillantes dans un ciel de velours.

— D'accord. Donne-moi une minute pour me préparer.

Un instant plus tard, ils s'engageaient sur le chemin du lac, contournant le chalet brillamment éclairé d'Anita et Trudie, d'où parvenaient des éclats de voix portant loin dans la nuit silencieuse. Rebecca avait décliné l'invitation à leur fête, sachant qu'elle arriverait tard, mais elle verrait ses amies le lendemain.

Elle marcha un moment, main dans la main, avec un Joshua inhabituellement silencieux, jusqu'à au moment où ils parvinrent dans une clairière en bordure de la rive.

Elle s'immobilisa et leva les yeux vers le ciel nocturne, inspira l'air froid.

— C'est si beau, ici !

— Oui, approuva Joshua, qui cependant ne regardait pas le ciel. Je voulais t'offrir un cadeau en avance, lui dit-il, étrangement nerveux.

— Ah ? fit-elle, le cœur s'accélérant soudain.

— Rebecca... Je t'aime.

— Je t'aime aussi.

— Et je veux passer le reste de ma vie avec toi.

Secouée, elle le vit mettre un genou à terre et présenter un petit écrin turquoise.

— Rebecca Nelson, me feras-tu le plus grand des honneurs en m'épousant ?

— Lève-toi, bon sang, il gèle ! Oui, bien sûr. Oui !

Elle le releva, à la fois rieuse et les yeux pleins de larmes, attirant son visage à elle pour l'embrasser avec tout l'amour et le bonheur qu'elle ressentait.

— Tu en es sûre ? J'amène avec moi deux enfants et un petit-fils très tapageur.

— Je ne voudrais pas qu'il en soit autrement.

— Tu n'as pas encore vu la bague. Tu changeras peut-être d'avis en la découvrant.

— Pas très pratique pour ouvrir un écrin, dit-elle en ôtant son gant, trop excitée pour prendre garde au froid.

Elle ouvrit la petite boîte pour découvrir un anneau double en platine parsemé de petits diamants.

— C'est un anneau d'éternité, symbole d'amour éternel, dit Joshua. Pour nous, il s'agit d'une deuxième chance. Je tiens à ce que tu saches ce que ça signifie pour moi. Mais si tu préfères un bijou plus traditionnel, nous irons le choisir à notre retour à New York.

— Mais non, non, je l'adore. Merci.

Elle aimait réellement la bague, belle et élégante, sans ostentation. Parfaite. Elle présenta sa main à Joshua.

— Vite, mets-la-moi avant que j'aie les doigts gelés ! Même si ça me chagrine de la cacher.

Le souffle suspendu, elle contempla le geste de Joshua qui lui passait la bague au doigt. Puis elle renfila son gant et embrassa de nouveau l'homme de sa vie, dont elle aimait la solidité, la générosité chaleureuse, le sens moral, les talents, le grand cœur.

— Je croyais que le Noël dernier était le plus beau Noël de ma vie, mais on dirait que j'ai jugé trop vite, dit-elle en lui enveloppant le visage de ses mains gantées et en contemplant ses traits familiers - ses yeux bruns, ses cheveux poivre et sel, sa bouche rieuse -, tout ce qui nourrissait son désir et son amour et la faisait se sentir en sécurité. À une longue vie et beaucoup de Noëls ensemble, mon amour !

Elle était sincère. Sa vie avec Joshua était une grande aventure dont elle chérissait chaque seconde, et alors qu'elle s'abandonnait à son baiser, elle sut que le meilleur restait à venir.

Vous avez aimé ce roman ? Retrouvez en numérique :

1. *Une alliance pour Noël, Nina Singh*
2. *La promesse d'un hiver, Susan Meier*
3. *Irrésistible ballerine, Jessica Gilmore*